LES AUTEURS GAIS

EUGÈNE CHAVETTE

LES PETITS DRAMES DE LA VERTU

Les Infamies de M. Duflost
L'Heure de la Soupe
La Grande Soirée des Duflost
A propos au Salon
La Prédication de la Toussaint
Les Courses, — etc.

PARIS
ERNEST FLAMMARION
ÉDITEUR
26, RUE RACINE, PRÈS L'ODÉON

LES

PETITS DRAMES

DE LA VERTU

LES
PETITS DRAMES
DE LA VERTU

POUR FAIRE SUITE AUX

PETITES COMÉDIES DU VICE

PAR

EUGÈNE CHAVETTE

ILLUSTRATIONS DE KAUFFMANN ET ÉMILE LÉVY

PARIS

ERNEST FLAMMARION, ÉDITEUR

26, RUE RACINE, PRÈS L'ODÉON

TRIPLE PROLOGUE

(EN GUISE DE PRÉFACE)

ou, pour mieux dire, récit des trois évé-
nements, dont un fort tragique, qui
poussèrent demoiselle Cunégonde Cuissard dans les bras de cet époux, véritable
monstre de cruauté, qui tortura si dra-

1

ematiquement l'existence de cette femme si vertueuse.

———

PREMIER FAIT

> Espoir !...
> (*Lacordaire.*)

CUNÉGONDE EST RÊVEUSE

MAMAN. — Oui, ma chère madame Possau, nous cherchons un mari pour notre Cunégonde. Depuis plusieurs mois, en observant notre fille, nous nous disions : « Elle a pourtant une bonne nourriture, un piano à queue et le ventre libre... d'où peut venir sa noire mélancolie? » — Et, mon mari et moi, nous nous cassions la tête à nous demander pourquoi elle restait des heures entières en contemplation devant le coq de notre horloge.

PAPA. — Oui, nous étions bien intrigués ; mais, certain matin, en fouillant dans mon secrétaire pour chercher le mémoire du serrurier, je trouve

un papier que j'ouvre ; c'était l'acte de naissance
de la petite. « Tiens, me suis-je écrié, tu vois bien
que notre fille a ses dix-huit ans, toi qui soutiens
toujours devant le monde qu'elle approche de ses
douze ans. »

MAMAN, *rougissant*. — J'étais de bonne foi, madame Possau ; vous le savez, dans un ménage
bien tenu, on est si occupé que les années passent
sans qu'on s'en rende compte.

PAPA. — Aussi me suis-je aussitôt dit : « Du
moment que ma fille a dix-huit ans, je sais ce qui
la rend ainsi rêveuse et ce qui lui faut... le piano
à queue est insuffisant. » Alors, avec l'aide de quelques intimes, nous nous sommes mis à lui chercher un bon mari. Grâce à notre obligeant ami
Nantas...

MAMAN. — Nantas obligeant! lui ! j'ignore où tu
vas chercher ça. A table, oui, il est obligeant
quand on lui surcharge son assiette et qu'il vous
répond : « Alors, pour vous obliger. » — C'est
peut-être là un des côtés de l'obligeance, mais, à
coup sûr, c'est le moins fatigant.

PAPA. — C'est cependant à Nantas que nous de-
vons la série des capitalistes qui sont venus rôder
autour de Cunégonde.

MAMAN. — Et ils n'ont pas fait long feu avec

moi. Tout ça vous éblouit d'abord, mais si on a l'imprudence de s'y laisser prendre, on vient vous dire un beau matin : « Vous savez que votre gendre est allé boire de la bière à Bruxelles? » — Et, le lendemain, votre fille vous retombe sur les bras avec trois enfants ; quant à la dot, on en retrouve si peu que c'est à croire qu'on n'en a jamais donné. — Ah ! c'est que je vois juste, moi !

PAPA, *secouant la tête.* — Juste, tu vois juste... pas à propos de ton fameux comte Boissot d'Alloignon, qui t'avait embobinée avec son titre et sa fameuse propriété en Vendée, où, disait-il, il voulait nous faire passer le reste de nos jours ; — joli avenir pour nous ! car, informations prises, le notaire de l'endroit nous a répondu que le beau sire ne possédait pour toute propriété qu'un caveau de famille... Et moi qui avais déjà fait ma malle pour me retirer dans cette propriété ; vous comprenez que je n'ai pas insisté sur ce projet. — Notre soupirant était encore plus ruiné que le temple d'Ephèse.

MAMAN. — Oui, mais un bel homme.

PAPA. — Près de huit pieds ! on aurait dit que nous avions marié notre fille à la colonne de Juillet... j'aurais craint toujours un accident pour Cunégonde chaque fois qu'elle aurait voulu mon-

ter pour embrasser son mari; car, lui, il était trop
fier de sa noblesse, qui remontait aux croisades,
pour daigner se baisser... sans compter qu'il
vivait sans cesse avec son chapeau sur la tête, afin
d'avoir l'occasion de le soulever chaque fois qu'on
prononçait de nom de Louis XVI... Avec ça, une
manière de parler de ses futurs projets pour le
bonheur de Cunégonde qui m'inspirait un certain
malaise; il commençait toujours ses phrases par :
« Quand Dieu vous aura retiré de ce monde. » —
Une fois qu'il serait devenu l'époux de notre fille,
nous aurions eu l'air de le gêner, et, ma foi !
comme je ne sais pas être indiscret, j'ai préféré
lui donner son congé.

MADAME POSSAU. — Pourquoi ne cherchez-vous
pas un gendre dans les beaux-arts? la peinture,
par exemple.

MAMAN. — Pouah! des gens qui s'enferment
sans cesse dans un atelier avec des femmes sans
vêtements, — ils appellent cela : « Prendre modèle. » Soit, je le veux bien; mais ils contractent
tellement l'habitude de vivre avec des femmes
nues qu'ils sont tout étonnés le jour où leur
propre épouse vient leur demander un budget
pour sa toilette.

PAPA. — On nous avait présenté un monsieur

Pichoz, un savant antiquaire. Un autre original, celui-là! — Il passait sa vie à acheter de sales petits pots en nous disant : « Ça vient des Grecs; ça vient des Romains; » puis il levait douloureusement les yeux au ciel, en ajoutant : « Si j'avais de la fortune, je voudrais avoir un musée plus beau que celui du Louvre!! » Son ambition nous a donné quelques craintes pour la dot, et nous avons évincé le Pichoz.

MADAME POSSAU. — Le cœur de votre fille n'a encore parlé pour aucun des soupirants présentés?

MAMAN. — Le seizième notaire lui plaisait assez.

PAPA. — Non, c'est le cinquième banquier.

MAMAN. — Crois-tu? Dame! je les confonds; depuis cinq mois il en a défilé une armée. — Bref, elle en avait distingué un, mais nous avons jeté de l'eau sur son feu naissant en lui disant que le jeune homme était somnambule.

MADAME POSSAU. — Et vous n'avez pas de candidat pour le moment?

MAMAN. — Nous nous reposons.

MADAME POSSAU. — Avez-vous quelques répugnances pour certaines professions?

PAPA. — Aucune; il nous faut un bon état, bien lucratif, sans morte saison; un boucher ou un boulanger, par exemple.

MADAME POSSAU. — J'ai votre affaire.

MAMAN. — De vous, nous accepterons un gendre les yeux fermés.

PAPA. — Pourvu qu'il plaise à Cunégonde, car nous ne sommes pas de ces parents barbares qui traînent par les cheveux leur fille à la mairie.

MADAME POSSAU. — Je connais un jeune confrère de mon mari qui...

MAMAN, *avec épouvante*. — Un médecin!!!

PAPA. — Diable !

MADAME POSSAU. — Est-ce que l'état vous répugne ?

MAMAN. — Pas précisément ; mais la profession de médecin place la belle-mère dans une situation délicate... il peut avoir l'envie de se perfectionner en chimie par des expériences... Alors, ayant sa belle-mère sous la main...

MADAME POSSAU. — Allons donc ! si vous n'acceptez jamais de votre gendre que des cachemires ou des armoires à glace, je défie bien qu'il arrive à vous troubler la santé.

MAMAN. — J'aurais préféré un boulanger.

PAPA. — Ou un boucher.

MADAME POSSAU. — Il faudrait cependant nous entendre ; vous me demandez un état qui n'ait pas de morte saison. Que devient votre boucher durant le carême? Pendant que ce dernier se croise les bras, le médecin, au contraire, a son coup de feu pour soigner les rhumes, les fluxions de poitrine que lui laisse le carnaval.

PAPA, — Soit! passe pour le boucher;... mais le boulanger, on mange du pain toute l'année.

MADAME POSSAU. — Et s'il arrive une famine? Ce qui ruine le boulanger fait encore vivre le médecin. — Je ne veux pas faire l'éloge de la profession, parce que j'ai épousé un médecin; mais nous possédons assez de maladies pour donner de l'ouvrage à celui qui veut sérieusement travailler. On peut se faire, au bas mot, une trentaine de mille francs avec le simple *courant*. — Au printemps : les rougeoles et les maladies de peau. — En été : les dyssenteries et les inflammations du cerveau. — En automne : les fièvres. — En hiver : les maladies de poitrine et les rhumes. — Tout ça, je le répète, c'est le courant; comme rapport, c'est aussi sûr que des rentes sur le grand livre. — Maintenant, il y a le *casuel*.

PAPA. — Ah! il y a le casuel?

MADAME POSSAU. — Mais d'où sortez-vous donc pour ignorer le casuel? — Mon mari ne céderait pas son choléra et sa fièvre thyphoïde pour 10,000 fr. — Je ne compte pas les embaumements, qu'il me laisse pour ma toilette... et vous voyez que je ne m'habille pas précisément comme une pauvresse. Il est vrai que nous n'avons que de riches clients, et les héritiers ne marchandent pas pour l'embaumement.

MAMAN. — Mais, en été, ces riches clients, — pas les embaumés, naturellement, — vont habiter leurs châteaux, et le médecin reste les bras croisés.

MADAME POSSAU. — On voit bien que vous n'êtes pas du métier. Vous auriez songé aux accouchements, qui arrivent neuf mois après l'époque des premiers froids. Ça vous paye largement votre terme de juillet, et il vous en reste encore assez pour faire un voyage en Suisse. Croyez-moi, prenez un médecin pour gendre... un travailleur, bien entendu... et vous pourrez être certains qu'il n'aura pas de morte saison, car les maladies n'ont pas d'opinion et elles ne boudent pas tel ou tel gouvernement.

MAMAN, *mal décidée*. — Non, voyez-vous, j'ai quelque répugnance à être la belle-mère d'un médecin.

MADAME POSSAU. — Alors, voulez-vous que je vous présente un chirurgien ? — Au moins votre gendre ne vous coupera pas une jambe sans que

1.

vous le sachiez, et, comme il ne peut travailler qu'avec ses outils, dès que vous le verrez ouvrir sa trousse, vous vous tiendrez sur vos gardes.

MAMAN. — Alors, ce n'est plus une vie, s'il faut sans cesse avoir les yeux fixés sur les mains de son gendre. Cela gêne les relations de famille.

PAPA, *poussant un cri*. — Tiens! votre chirurgien me donne une idée; si nous cherchions un gendre dans les charcutiers!

*
* *

M. et madame Cuissard, les parents de Cunégonde, n'avaient pas encore mis la main sur le charcutier de leurs rêves quand se présenta le deuxième fait dont nous avons parlé.

*
* *

DEUXIÈME FAIT

Bigre ! ! !...
(*Mme Deshoulières.*)

PREMIER MARIAGE MANQUÉ

NOTA : Comment ce secret de famille
transpira-t-il au dehors à ce point que
toute la rue, où demeuraient les époux
Cuissard, en causait sur le pas des
portes, nous ne saurions le dire. —
Pour l'apprendre, nous n'avons eu
qu'a écouter une conversation entre
le cocher du n° 7 et le suisse du
n° 214.

LE SUISSE. — Comme il est vrai qu'on ne peut
jamais compter sur rien ! Tiens ! sans aller bien
loin, tu connais les Cuissard ? Eux aussi, pas plus
tard qu'avant-hier, étaient à deux doigts de voir

leur fille devenir cent fois millionnaire... Son mariage ne tenait aussi qu'à un fil... Seulement, le fil a cassé.

LE COCHER. — Bah ! Conte un peu.

LE SUISSE. — Il y a un mois, pendant que Cuissard était à son ministère, sa femme reçoit la visite d'une dame. C'était une de ces entrepreneuses de mariage dont nous voyons tous les jours les annonces dans les journaux. Elle commence par s'informer si c'était bien M. et madame Cuissard qui, la veille, se trouvaient avec leur fille Cunégonde, au théâtre de Cluny. Sur une réponse affirmative, la voilà qui annonce à la maman que Cunégonde, sans s'en douter, a fait la conquête d'un Américain riche... oh ! mais riche !... comme les Américains le sont quand ils se mêlent d'être riches : des mines, des vaisseaux, des quartiers de ville... et tant de millions qu'ils en perdent dans l'escalier. — « Pour être aimé de Cunégonde, disait la dame, son Américain irait jusqu'à des pleines brouettes de dollars. Il devait couvrir la belle de tant et tant de bijoux que, sur tout son corps, elle ne trouverait plus une seule petite place pour se gratter... » Tu penses si madame Cuissard est restée abasourdie à la perspective d'un tel mariage pour sa fille.

LE COCHER, *méfiant.* — Euh'! euh ! un mariage...
Es-tu certain qu'il s'agissait bien d'un véritable
mariage ?... Cette dame était-elle positivement une
entrepreneuse de mariage ?

LE SUISSE. — Ah! tu sais? Moi, je te donne ça
pour ce que ça me coûte ; je ne gagne pas dessus.
Tel que l'a conté la fruitière, tel je te le répète.

LE COCHER. — C'est qu'il y a les mariages à
l'huile et ceux à la colle... Enfin, va toujours, je
t'écoute avec un vif intérêt... Alors l'Américain a
sollicité de venir faire sa cour à Cunégonde ?

LE SUISSE. — Oh ! pas encore. Tu comprends
que voir une jeune fille au théâtre avec un rebord
de loge qui lui monte jusqu'au ventre, ce n'est pas
le vrai moyen de juger de sa taille, de sa démarche, de sa tournure, etc., etc... Bref, l'Américain
demandait une seconde rencontre... Comment
faire sans mettre la puce à l'oreille de Cunégonde
qui ne se doutait de rien? Alors la marieuse eut
une idée !... Ces dames n'avaient qu'à venir se
promener sur le trottoir du boulevard des Italiens,
devant l'hôtel de Bade où demeurait l'Américain...
Ce dernier se mettrait à sa fenêtre et, de là, se
repaîtrait l'œil de la tournure, de la démarche et
de la taille de son adorée. — Il fut fait comme
il avait été convenu. — Aussi, le lendemain de

la promenade, la marieuse revenait chez madame Cuissard lui apprendre le résultat ; l'Américain était ravi, transporté, enthousiasmé ; il avait vingt fois répété que rien ne lui coûterait pour être aimé d'une aussi charmante personne.

LE COCHER, *toujours sceptique*. — Aimé... en mariage ?... en vrai mariage ? Hein ?

LE SUISSE. — Sans doute. La preuve en est dans le « seulement » qu'avait ajouté l'Américain.

LE COCHER. — Ah ! voyons le « seulement ».

LE SUISSE. — Après avoir exalté la passion du soupirant, la marieuse se mit à appuyer sur le caractère particulièrement original, excentrique, bizarre des Américains, surtout de ceux qui sont riches... et le sien marchait en tête... Bref, après bien des détours adroits, la marieuse fit entendre que le dit amoureux, tout en promettant des monts d'or si l'affaire se concluait définitivement, demandait, pour qu'il ne pût se reprocher plus tard d'avoir acheté chat en poche, à admirer encore Cunégonde... mais, cette troisième fois, en Vénus sortant de l'onde.

LE COCHER, *pouffant de rire*. — Tu appelles cela un mariage sérieux, toi ! ! !

LE SUISSE. — Parfaitement... Ce monsieur agissait en homme qui, sachant s'engager pour la vie,

tenait à s'assurer si cette union lui offrirait toutes
les conditions qui, suivant ses goûts, devaient faire
sa félicité conjugale. (*Sévèrement.*) Je m'étonne que
tu n'aies pas compris cela tout de suite.

LE COCHER, *retenant son rire.* — Oui, j'ai tort...
va, continue.... Et qu'a répondu madame Cuissard
à cette demande?

LE SUISSE. — Tu comprends que sa réponse a
été aussitôt : « Jamais ! ! ! » et le soir elle en a
parlé à son mari, qui ignorait tout et qui, lui
aussi, s'est écrié : « Jamais ! ! ! » Puis, au bout de
quelques jours, ils se sont demandé s'ils avaient
bien le droit de refuser une fortune qui s'offrait à
leur fille... et cela par une exagération de pudicité
niaise... Qui le saurait après tout ?... Sans doute
que cela se faisait aux Etats-Unis, car ces Américains sont si originaux... surtout si positifs en
affaires... et le mariage n'est-il pas une affaire?
Bref, au bout d'une semaine, un soir, après avoir
donné campo à la cuisinière, l'Américain fut
admis à la contemplation de Cunégonde, debout
sur la table de la salle à manger, entourée de
toutes les lampes de la maison. — Il fut parfait
gentleman, car, ayant compris qu'une seule parole
triplerait le trouble de la jeune fille, il admira en
silence, l'œil rond, bouche béante, mains jointes...

un vrai fervent devant la madone... Il tourna six
fois lentement autour de la table... Puis, saluant
d'un geste silencieux le papa et la maman dont le
cœur battait d'émoi, il se retira.

Le cocher. — Et Cunégonde ?

Le suisse. — Elle s'était toujours tenue les yeux
fermés et l'imagination tendue sur cette consigne
que lui avaient donnée ses parents : « Tu te figu-
reras que tu attends la chemisière. » Le lendemain, fille et parents eurent simultanément ce cri
d'interrogation : *Eh bien ?* quand apparut la marieuse. — Au dire de cette dernière, l'Américain
était encore dix fois plus fasciné... il avait passé sa
nuit à boire de l'orgeat, et ne cessait de répéter :
« Je veux qu'elle couche sur des banknotes ! ! »

— Alors le mariage est enfin conclu ? demanda
le papa.

— Oui... seulement... dit la marieuse.

Et elle expliqua que l'Américain avait objecté
qu'à la lueur des lampes une erreur était possible.
Bien souvent, à la clarté des bougies, il avait
admiré le teint de femmes qui, au jour, n'étaient
que de vrais citrons. Bref, il se méfiait des lampes
et réclamait une seconde épreuve à la pure clarté
du plein midi... Tant d'exigence de sa part prouvait, au fond, combien cet homme était sérieux

dans ses projets d'hyménée... N'est-ce pas toujours celui qui veut vraiment acheter qui marchande le plus?... Cuissard se rappela combien lui-même, tout dernièrement, avait été tatillon pour l'achat d'une casquette. — Le résultat fut que parents et demoiselle consentirent à une seconde séance qui se passa exactement comme la première. A midi, le futur (on pouvait bien se permettre, en l'état des choses, de lui donner déjà ce titre), le futur vint, admira, fit ses six tours de table et partit après un salut muet.

Le lendemain, la marieuse arriva donner la réponse qui devait être définitive.

— Hein? c'est mariage conclu? s'écria le père.

Et, d'avance, il voyait sa fille couverte de ces diamants si nombreux que, comme l'avait promis la marieuse, elle ne se trouverait plus sur le corps un centimètre de peau à nu pour se gratter.

Mais la marieuse prit une figure navrée et une voix désolée en répondant :

— Mon Dieu! j'ai le regret de vous annoncer que c'est une affaire manquée... mon Américain s'est aperçu, chez votre fille, d'un défaut physique qui le force à renoncer à ses projets.

— Un défaut! fit la maman, mais quel défaut physique a-t-il donc découvert chez notre enfant après ces deux séances de... Vénus sortant de l'onde ? ? ?

— *Elle a le nez trop gros.*

Ce fut à croire que la Providence avait pris à tâche de faire oublier aux époux Cuissard et à l'aimable Cunégonde cette amère déconvenue, car, tout aussitôt, se présenta un nouveau soupirant.

Celui-là, — 24 ans, blond, et de Pontoise, — sut faire doucement palpiter le cœur de la vierge.

Tout était convenu et l'avenir se colorait en rose pour les fiancés impatients, quand une catastrophe épouvantable anéantit brusquement ces espérances de bonheur conjugal.

TROISIÈME FAIT

Oh! oh!
(Bossuet).

SECOND MARIAGE MANQUÉ

NOTA : Nous n'inventons pas cet
événement tragique. Les journaux du
temps en ont parlé. Nous n'avons eu
qu'à copier le récit publié, sous la
signature d'Eug. Chavette, par le
Figaro, alors bi-hebdomadaire, à la
date du 14 avril 1864. — (On reprend
son bien où on le trouve.)

...A son dîner de fiançailles, un jeune homme
avait été placé près de celle qu'il adorait et qui
allait bientôt porter son nom... Doux avenir de
bonheur qui ne devait, hélas! jamais se réaliser!!!

Écoutez cette dramatique histoire :

Dès le potage, la douce fiancée laisse tomber sa cuiller. Le jeune homme se précipite sous la table pour la ramasser, mais, dans le brusque mouvement qu'il fait, il laisse échapper je ne sais quel bruit (1).

De désespoir il ne voulut plus remonter, il resta sous la table.

Je vous laisse à penser le froid que cette place vide jeta dans le repas de fiançailles.

Quand, au moment du café, on voulut le tirer de sa position, on ne trouva plus rien ! !!

Ni os, ni chair !!!

La honte l'avait entièrement dévoré !!!

Après la perte cruelle de celui qui ne laissait pas même à son désespoir une tombe

---

(1) Ce jeune homme était boucher.

          (Note de l'éditeur.)

qu'elle pût inonder de ses larmes, Cunégonde, folle de douleur, laissa ses parents,
dont la tendresse avait hâte de se débarras-
ser d'elle, la jeter dans les bras du tyran-
nique époux qui devait lui faire une si
pénible existence.

Nous avons nommé suffisamment, croyons
nous, M. BABYLAS DUFLOST, riche dé-
bitant de flanelle.

FIN DU PROLOGUE.

DOSSIER

DES INFAMIES DE M. DUFLOST

Frémissez!!!

Ici vont commencer les

tortures de la douce brebis.

L'HEURE DE LA SOUPE

L'HEURE DE LA SOUPE

On dine à six heures précises dans
la maison Duflost. — Absent depuis
le matin, M. Duflost vient de rentrer
pour se mettre à table. — Il est de
sept minutes en retard!!!

MADAME, *sans lui laisser le temps de s'excuser.* —
Quand vous avez sonné, j'ai cru que c'était le médecin qui arrivait.

2.

Monsieur, *avec inquiétude.* — L'attendais-tu donc? serais-tu malade?

Madame. — Croyez-vous que même une santé de fer puisse tenir contre un estomac ruiné par l'absence de repas à heure régulière. Vous imaginez-vous que ce n'est pas être malade que de se sentir mourir à petit feu dans les angoisses de l'attente en se disant : « Un omnibus lui a peut-être passé sur le ventre.. »

(Monsieur qui sent venir l'orage, garde le silence.)

Madame. — Daignerez-vous au moins répondre à la seule question que je vais vous faire?

Monsieur. — Laquelle?

Madame. — Pouvez-vous me dire si vous avez l'intention de rentrer tous les jours à pareille heure?

Monsieur, *doux.* — Voyons, ma bonne, est-ce que tu vas gronder pour une pauvre fois que je suis rentré de sept minutes en retard? J'ai été retenu par une affaire sur laquelle on m'a demandé le secret.

Madame. — Rien ne dit qu'à l'avenir vous n'allez pas être en retard d'une semaine; on commence par sept minutes et l'on finit par des années.

Monsieur. — Ça ne s'est jamais vu.

Madame. — Comment? Ça ne s'est jamais vu !... Mais, hier soir encore, ne me parliez-vous pas de ce marin, le capitaine La Pérouse, qui partit en promettant de revenir et qui, depuis le temps, n'a pas encore reparu au foyer conjugal.

Monsieur. — Mais il y a quatre-vingt-dix ans de cela !

Madame. — Il n'en est que plus coupable.

Monsieur. — Et puis, souviens-toi, j'ai ajouté qu'il avait péri dans un naufrage.

Madame. — C'est bien facile de dire qu'on a péri dans un naufrage quand il n'y avait là personne pour vous démentir. — Ah! vous vous trompez étrangement si vous croyez que, le jour où il vous plaira de ne plus rentrer, vous vous tirerez d'affaire en faisant mettre dans les journaux que vous êtes parti dans un ballon qui n'est jamais redescendu; avec moi, ces histoires-là ne prennent pas, je vous préviens... pas plus que celle d'aujourd'hui.

Monsieur. — Je ne sais pas où tu vois une histoire...

Madame. — Monsieur affecte d'arriver ici tout bouffi de mystère... et quand on l'interroge... quand on daigne l'interroger, il pince les lèvres pour vous dire que c'est un secret... Oh! je ne

suis pas curieuse de le savoir, votre fameux secret, car... loin de désirer de les connaître, il est
des choses qu'on craint à chaque instant d'apprendre.

MONSIEUR. — Ne vas-tu pas te mettre martel en
tête parce que, je te l'affirme, je me suis occupé
de l'affaire d'un autre.

MADAME. — Jolie affaire que celle qu'un époux ne
peut avouer... Dehors, je le sais, il n'y a que pour
vous à parler; mais, au logis, il faut prendre les
pincettes pour vous arracher un mot.

MONSIEUR. — Je te répète que c'est un secret
qui n'est pas le mien.

MADAME. — Oui, l'excuse est bien commode.

MONSIEUR, *agacé*. — Ah! tu me rendras fou.

MADAME. — Vous n'avez pas assez de cœur pour
cela.

MONSIEUR. — Tiens, pour avoir la paix, j'aime
mieux te le dire tout de suite.

MADAME. — Non, non, c'est inutile.

MONSIEUR. — Tu ne veux pas que je parle?

MADAME. — A quoi bon? Vous allez inventer
quelque mensonge, car vous êtes habile à ce
jeu-là.

MONSIEUR. — Voyons, veux-tu m'écouter?

MADAME. — Vous pouvez commencer votre conte...

MONSIEUR, *allant avouer.* — Je...

MADAME, *l'interrompant.* — Seulement, je vous avertis que je n'en croirai pas un mot.

MONSIEUR. — Alors, autant ne rien dire.

MADAME. — Vous le voyez, j'étais bien certaine qu'en vous mettant au pied du mur vous ne trouveriez rien à dire. Ah! je connais toutes vos malices.

MONSIEUR. — Mais, sacrebleu!!

MADAME. — Oui, oui, vous jurez pour vous donner le temps de trouver votre mensonge.

MONSIEUR, *exaspéré.* — Mille millions de milliasses! veux-tu me laisser parler?

MADAME. — Oh! allez, allez, votre humble esclave vous écoute.

MONSIEUR. — Eh bien! un de mes amis, qui était à la veille de faire faillite, s'est adressé à moi, et toute la journée j'ai couru pour le tirer de peine en offrant ma garantie.

MADAME. — Et après?

MONSIEUR. — C'est tout.

MADAME, *après un soupir.* — Ah! j'ai bien fait de payer le boulanger hier, nous avons au moins le pain assuré pour un mois... Dès ce soir, j'habituerai notre fils à coucher sur la paille, car tel est son avenir à cet enfant dont le père prodigue sa fortune au premier coquin venu.

MONSIEUR. — Oh ! coquin ! C'est bien vite qualifier quelqu'un dont tu ignores encore le nom.

MADAME, *d'un ton de mépris*. — Avec ça que je n'ai pas déjà deviné qu'il s'agit de cet infect et stupide Ducoudray.

MONSIEUR. — Double erreur ! D'abord ce n'est pas Ducoudray... et il est loin d'être stupide. C'est un fabuliste distingué... Depuis la Fontaine, il y avait une place à prendre, et Ducoudray s'en est emparé.

MADAME, *avec colère*. — Quand je pense qu'il a eu l'audace de me dédier une de ses ordures !!... « A VOUS, MADAME, CE FRUIT RESPECTUEUX DE MA MUSE... » Une jolie tinette que sa muse !

Récitant avec ironie.

Pour la fille de son notaire,
Un éléphant mourait d'amour.
Il demanda sa main au père
Qui lui répondit sans détour :
« Avoir un éléphant pour gendre
Serait le comble de mes vœux !

Mais les sots feraient un esclandre
Et les sots, hélas ! sont nombreux :
Voilà pourquoi je vous refuse. »

MORALITÉ

Que de bêtises commet-on
Qui, bien souvent, n'ont d'autre excuse
Que la peur du : Qu'en dira-t-on ? ? ?

Hein ! Est-ce assez idiot ? Voyons, je vous le
demande. Un éléphant qui veut épouser la fille
d'un notaire, là, vrai, est-ce possible ?

Monsieur. — Oh ! moi, tu sais, depuis l'invention
du téléphone et du phonographe, je ne crois plus
à rien d'impossible.

Madame, *reprise de fureur*. — Et c'est pour ce
misérable fabuliste que vous ruinez votre famille....
Oh ! comme j'ai eu tort de ne pas croire mes pres-
sentiments le jour où, pour la première fois, il est
entré ici avec ses gros souliers crottés. Je me souviens que je me suis dit aussitôt : « Il a déjà deux
pieds dans notre salon, il en aura bientôt quatre
dans notre caisse. » Et ça n'a pas manqué ! ! ! A
cette heure, notre avenir est dans les mains de ce
Ducoudray, pour lequel vous avez répondu.

Monsieur, *agacé*. — Je t'affirme que ce n'est pas Ducoudray.

Madame. — Alors c'est quelque vaurien de son espèce que vous n'osez pas plus avouer.

Monsieur. — Ne dis pas d'injures, car, si tu savais le nom, tu en serais au désespoir.

Madame. — Oui, il ne peut y avoir qu'un misérable, un sacripant, un chevalier d'industrie... un filou... un escroc... un voleur.

Monsieur, *perdant patience*. — Eh bien ! puisque tu tiens tant à le savoir, j'ai répondu pour ton frère, qui avait été trop imprudent avec les fonds turcs ! ! !

Madame, *repentante*. — Ah ! mon pauvre Duflost, pardonne-moi.

(Les deux époux s'embrassent.)

Monsieur. — Là ! maintenant que la paix est faite, dînons-nous ?

Madame. — Pas encore.

Monsieur. — Pourquoi ?

Madame. — Parce que j'ai eu à envoyer la cuisinière en course dans la journée, de sorte qu'au lieu de six heures nous ne pourrons dîner qu'à sept.

MONSIEUR. — A sept heures ! ! ! Et tu me faisais une scène en me reprochant d'être en retard de sept minutes !

MADAME. — C'était pour te faire prendre patience, mon bon chat.

———

INSURGÉ CONTRE LA MORUE

INSURGÉ CONTRE LA MORUE

Ce soir, vendredi de carême, M. Duflost est sorti de table après avoir fort
peu mangé. Madame, qui guettait une
plainte de sa part, impatientée par
la résignation maritale, commence
l'attaque.

MADAME. — Il me semble, monsieur Duflost, que
vous avez beaucoup perdu de votre appétit ordinaire.

MONSIEUR. — Ah! tu sais? les premières chaleurs me désorientent un peu.

MADAME. — Alors c'est à la chaleur qu'il faut attribuer ces grimaces dont, au dîner, vous accompagniez chacune de vos bouchées... bouchées que vous retourniez avec un bruit de mâchoires qu'on a dû entendre du fond de la province.

MONSIEUR. — Puisque tu tiens tant à savoir la vérité, je te dirai que la morue, que je n'aime pas, et les lentilles, que je ne puis souffrir, suivies d'une douzaine de noix ne sont pas, pour moi, un de ces repas, dont on se fait tant fête à l'avance qu'on se purge la veille pour être plus dispos.

MADAME, *sèchement*. — Soyez donc franc une bonne fois dans votre vie, monsieur Duflost, et avouez carrément que vous n'êtes d'aucune religion... Criez tout haut que vous vous souciez si peu de votre salut éternel que vous lui préférez deux andouillettes. Maman me le disait encore hier : « Il semble que ton mari prenne à tâche de compromettre son âme. »

MONSIEUR. — Comment elle a dit cela, ma chère belle-mère? Vrai? Elle s'intéresse si fort à mon âme?

MADAME, *sévère*. — Ah ! vous savez ? Vautrez-vous dans la plus honteuse irréligion, mais n'insultez pas maman, une sainte et digne femme qui monterait sur un bûcher pour affirmer sa foi.

MONSIEUR, *riant*.— Oh ! je voudrais bien voir cela !

MADAME. — Voir quoi ?

MONSIEUR. — Ma belle-mère sur un bûcher.

MADAME. — Et vous seriez le premier à y mettre le feu, j'imagine... Allez ! dites-le... Ayez le courage de confesser la haine bleue que vous lui portez parce que c'est elle qui m'a conseillé de vous imposer le maigre tous les vendredis du carême.

MONSIEUR. — Maigre, soit ! j'y consens, mais pas avec de la morue et des lentilles... Tiens ! ce matin, j'ai rencontré Beautendon avec un homard sous le bras... Voilà un plat de maigre que j'accepte.

MADAME. — Si vous n'étiez pas si crasseusement égoïste, vous devriez vous rappeler que le homard m'est contraire.

MONSIEUR. — Avec ça que la morue me réussit mieux, à moi.

MADAME, *appuyant*. — Alors vous dédaignez le salut de votre âme ?

MONSIEUR. — Ah ! tu m'ennuies avec mon âme.

MADAME, *d'une voix désolée*. — Maman me l'avait bien dit... mais je ne voulais pas le croire.

MONSIEUR. — Qu'est-ce qu'elle a encore chanté, ma belle-mère ?

MADAME. — Que vous n'aviez pas d'âme.

MONSIEUR. — Alors, si je n'ai pas d'âme, je n'ai pas à m'occuper de la sauver; donc, pourquoi faire maigre ?... Elle n'est pas logique pour quatre sous, ta chère mère, avec sa morue.

MADAME. — Tout le monde n'est pas comme vous, car, aujourd'hui, on mangera de la morue dans tout l'univers pour des millions de francs. Du reste, j'aurais été fort étonnée de vous voir faire comme tout le monde ! Ah ! si on vous commandait de manger du jambon, alors vous vous éveilleriez la nuit pour me réclamer de la morue... il vous faudrait en mettre dans votre café ou dans votre grog.

MONSIEUR, *tentant de couper court*. — Si nous parlions d'autre chose.

MADAME, *éclatant*. — Non ! cent fois non ! nous ne parlerons pas d'autre chose, car je tiens à en avoir le cœur net.

MONSIEUR. — Le cœur net de quoi ?

MADAME. — Je veux savoir si, chez vous, c'est un parti pris de vous insurger contre l'Église ?

MONSIEUR. — Allons ! bien ! voici, maintenant, l'Eglise qui se fourre dans les lentilles... Où diable vois-tu que je m'insurge contre l'Eglise parce que je refuse de manger un farineux que j'exècre... il en serait de même s'il était question d'un hareng, mets qui me lève le cœur.

MADAME. — Égoïste! toujours égoïste! si tout le monde était comme vous, que deviendraient les pauvre pêcheurs de harengs?

MONSIEUR — Ma foi! je t'adresserai la même question pour les pêcheurs de homards.

MADAME, revêche. — Donc, suivant vous, il faudrait jeter notre provision de lentilles dans les cabinets d'aisances?

MONSIEUR. — Non pas, car on risquerait d'engorger le conduit... Mais on pourrait les envoyer à ta mère.

MADAME. — Croyez-vous que maman, une personne pieuse, soit arrivée au carême sans s'être précautionnée de provisions.

MONSIEUR. — On n'a jamais trop de provisions... surtout avec ton père, un gouffre qui avalerait même du macadam!

MADAME. — Je vous prie de respecter papa. Ce n'est pas un de ces hommes qui font les esprits forts en prétendant que la religion est bonne seulement pour les femmes et les enfants... Mais revenons à vous. Je vous ai dit que je tiens à en avoir le cœur net. J'exige donc que vous me fassiez connaître, par un refus catégorique, votre

3.

intention formelle de ne pas faire maigre les vendredis de Carême.

MONSIEUR, *impatienté*. — Mais, sacrebleu! il me semble que j'ai fait cent fois mieux que ton maigre... puisque j'ai, pour ainsi dire, jeûné.

MADAME. — Oui, mais le ciel ne tient pas compte de ces jeûnes-là... On vous eût servi un bon plat de choucroute avec des saucisses, vous n'auriez pas jeûné, je le parierais.

MONSIEUR. — Et tu gagnerais ton pari.

MADAME, *d'un ton sec*. — Bref, résumons-nous?

MONSIEUR, *avec empressement*. — Oh! oui, oui, résumons-nous, ma bonne, résumons-nous!... C'est le plus cher de mes vœux!

MADAME. — Dois-je renoncer à l'espérance de vous voir consentir à faire maigre?

MONSIEUR. — Tout le maigre que tu voudras, excepté morue, hareng et lentilles.

MADAME, *entêtée*. — Il faut pourtant que nos lentilles se mangent. (*Insistant.*) Songez que si vous offrez un pois au ciel, il rend une fève.

MONSIEUR. — Alors mon estomac n'est pas comme le ciel; si je lui offre des lentilles, il rend simplement des lentilles.

MADAME, *avec une résignation froide*. — C'est

bien, monsieur Duflost, je sais, à présent, ce qu'il me reste à faire.

MONSIEUR, *inquiet.* — Et que feras-tu?

MADAME. — Oh! moi, je ne suis pas une sans religion comme vous. J'ai souci de mon âme.

MONSIEUR. — Bon! c'est ton âme qui est sur le bouchon à cette heure.

MADAME. — Je ne me rebiffe pas, par ostentation, devant les commandement de l'Église, moi! Ce qu'elle m'ordonne, je le grave dans mon cœur et j'obéis. (*S'attendrissant.*) Tenez, je me souviens du jour de notre mariage et je crois encore entendre la voix du prêtre quand il m'a dit que je devais respect et obéissance à mon mari.

MONSIEUR, *naïvement.* — C'est pourtant vrai que l'Église l'avait commandé cela, ma bonne.

MADAME. — Aussi, aujourd'hui, que je me trouve en présence d'un époux qui refuse de faire maigre le vendredi, je m'incline devant l'ordre qui m'a été donné par l'Église d'obéir.

MONSIEUR. — Eh bien?

MADAME. — Eh bien? Vendredi prochain, si tu refuses de faire maigre, j'agirai en épouse qui doit obéissance à son époux. (*Après un petit temps de silence.*) Je mangerai de la viande! (*Appuyant.*) Oui, mais pas de veau!

EUX, OUI... MAIS MOI!!!

EUX, OUI... MAIS MOI !!!

Nous avons dit que le terrible Duflost avait asservi sa victime à son commerce de flanélle.

Après deux années de mariage, un événement subit, en le faisant hériter de son parrain, permit au monstre de quitter les affaires.

Ce parrain, ancien maquignon des

plus riches, se présenta un beau
matin chez son filleul, et lui tint ce
langage :

—J'ai l'âme navrée!... Je reviens de l'enterrement
de ce pauvre baron de Niverleuse. Quelle catastrophe, grand Dieu!!! Vingt-huit ans; beau, élégant,
vigoureux au possible, sauf du genou droit... une
chute étant jeune... il n'en souffrait ni boitait, mais
le genou était faible. A tous ces dons personnels, joignez une femme charmante, pas pianiste, dont il
était adoré: un ravissant bébé qui bégayait déjà :
Petit père chéri!... et pas de belle-mère! En un mot,
tout pour être heureux et jouir en paix de ses deux
cent mille livres de rente... Oui, tout, et v'lan! le
voilà au fond d'un trou, avec deux mètres de ter-
reau sur le corps, ce qui justifie cette locution : il
a quitté la terre !... Je le redis, j'ai l'âme navrée,
mais, malgré moi, je l'avoue, il a bien cherché
son sort, car on n'est vraiment pas bête comme
ça!!!

Pauvre garçon! Quand je pense que le matin
même je déjeunais chez lui..., car j'honorais sa
table de ma présence quatre fois par semaine...
Bonne cuisine, je le confesse, mais n'y eût-il eu
que des clous à manger, mon amitié pour le baron

m'eût fait rester à sa table... A ce déjeuner, il faisait des projets d'avenir pour son hiver... Ah! les voici enfoncés tous les beaux projets! Mais à qui la faute? Il faut bien le reconnaître, à lui seul, à lui tout seul, car, d'honneur! je le répète, on n'est pas bête comme ça!!!

Oh! non vrai! on n'est pas bête comme ça! Tenez, je vais vous faire juges de la chose.

Imaginez-vous qu'il y a quatre mois environ, il lisait son journal après déjeuner. Tout à coup il éclate de rire en s'écriant :

— Ah! elle est trop forte!

— Quoi donc? demande sa femme qui brodait à côté de lui.

— Une annonce qui s'étale, là, en grosses lettres, en plein milieu de la deuxième page du journal... Tiens! écoute :

Et il se met à lire en goguenardant : A vendre *un cheval extrêmement vicieux qui a déjà tué trois cavaliers.* Prix : 200 francs. *L'animal a coûté six mille francs.*

— Hein? reprit le baron, après cette lecture, crois-tu que l'imbécile, qui a payé l'annonce, vante sa marchandise! J'irai le dire à Rome, si celui-là trouve à vendre son cheval... à moins qu'il ne rencontre plus idiot que lui, ce qui me semble impossible.

Et je vous laisse à comprendre les gorges chaudes que Niverleuse et sa femme firent, pendant une grosse demi-heure, à propos de l'annonce et de son auteur.

Le lendemain, le baron recevait à peine son journal qu'il le dépliait au plus vite en s'écriant :

— Voyons si l'annonce d'hier y est encore.

Elle y était, toujours à la même place, en mêmes caractères bien forts pour mieux tirer l'œil du lecteur. — Seulement, en ces vingt-quatre heures écoulées, le cheval avait fait des siennes, car l'annonce avançait, au lieu de *trois*, qu'il avait tué ses *quatre* cavaliers.

La baronne et son mari employèrent ce jour-là une autre demi-heure à baptiser l'auteur de la burlesque annonce :

Fallait-il être

- Sot !
- Bénêt !
- Idiot !
- Ane !
- Crétin !
- Dindon !
- Buse !
- Niais !
- Jeannot !
- Bestiasse !

pour croire qu'on trouverait un acquéreur !!!

Le surlendemain, même jeu... Toujours l'annonce!... et, toujours aussi, nouvel exploit du
cheval qui, depuis la veille, avait tué encore *deux*
autres cavaliers... des vaniteux qui, sans doute,
avaient voulu essayer l'animal.

Aussi, nouveau baptême du monsieur par les
époux, riant aux larmes :

C'était être. . { Beaudet! Oison! Bûche! Dadais! Jocrisse! Huître! Cornichon! Obtus! Abruti! } que de garder l'espoir de vendre une bête pareille!!!

Le soir ils en riaient encore en se couchant et,
à son réveil, le premier mot de la baronne fut pour
l'annonce.

— Je voudrais bien savoir déjà si elle sera encore dans le journal d'aujourd'hui.

A quoi l'époux répondit en se tordant de gaieté
dans ses draps.

— Ce qui serait cent fois plus phénoménalement
absurde, c'est si le cheval finissait enfin par trouver un acquéreur!!!

Et de rire, de rire... bref, ils en riaient encore
six semaines après, car, chaque matin, le journal

reproduisait l'annonce... et le cheval en était déjà à son *dix-septième* cavalier tué !

A mesure que le temps s'écoulait, ce qui doublait, triplait, quadruplait leur gaieté, c'était ce calcul que faisait le baron :

— A la deuxième page du journal, en caractères pareils, cette annonce doit lui coûter les yeux de la tête... Mettons-la seulement à 80 francs... Elle a paru 42 fois... En multiplant 80 par 42, c'est donc une somme de 3,362 francs que notre crétin a dépensée pour tâcher de vendre son cheval 200 fr.

— Pour sûr, si cet homme a une famille, elle doit le faire interdire, ajoutait madame.

— Et le faire conduire immédiatement à Charenton ! appuyait Niverleuse avec sévérité.

A la fin du troisième mois, toujours suivant le calcul du baron, le journal avait touché 7,200 fr. pour le cheval vicieux mis en vente à 200 fr.

L'importance de la somme finit par inquiéter la joie du ménage.

— Ce n'est pas possible ! il doit y avoir quelque chose là-dessous ! avança madame.

— Oui, quelque gageure, un pari ou une farce, ajouta le mari.

— Peut-être bien même qu'il n'y a pas du tout de cheval, reprit la baronne.

Le lendemain, Niverleuse se leva tout préoccupé, il fit les cent tours dans l'appartement comme une âme en peine.

A la fin, il dit à sa femme :

— Il faut que nous en ayons le dernier mot. Je vais aller voir si le cheval existe.

Une heure après, il était de retour.

— Eh bien ? fit madame.

Le baron, d'un petit signe de tête, affirma l'existence du cheval.

Puis il ajouta :

— JE L'AI ACHETÉ.

— Hein ! fit la baronne en tressautant, mais il n'est donc pas vicieux ?

— Il appartenait au directeur du journal, ce qui explique l'abus de l'annonce que nous supposions coûter si cher.

— Bon ! bon !... mais il n'est donc pas vicieux ? répéta madame inquiète.

— Une bête superbe, ardente, remarquable de formes qui... commença le baron évitant de répondre.

— Oui, oui, très bien, tout ce que tu voudras... mais l'animal est-il vicieux ? Oui ou non, a-t-il tué dix-sept cavaliers ? La question est là, dit madame en insistant.

Avoir traité le vendeur de toutes les épithètes les plus malsonnantes ; avoir ajouté que :

| Celui qui achèterait l'animal serait *trente fois plus* | Buse ! Oison ! Crétin ! Idiot ! Ane ! Bûche ! Etc., etc. | que celui qui le mettait en vente. |

Et être précisément cet acheteur, c'était, il le comprit, fort mortifiant pour Niverleuse, dont la vanité refusa ce rôle.

— Oui, dit-il en souriant avec mépris, dix-sept cavaliers, mais de vraies mazettes qui ignoraient, paraît-il, les plus élémentaires principes de l'équitation... EUX, OUI ; MAIS MOI ! ! ! La bête ne sait pas encore ce que c'est que d'être montée ; je le lui apprendrai.

Et, en appuyant sur les mots, tout orgueilleux, tout gonflé de sa prétention d'être un cavalier accompli, il répéta :

— Oui, ma belle, je... le... lui... apprendrai.

En conséquence, le lendemain il monta la bête qui l'envoya la tête sur l'angle d'un trottoir...

Tué net ! ! !

Hein ! qu'en dites-vous ? Voyons Je vous en ai fais juges. Avoir été prévenu que le cheval était méchant... et l'acheter ! Savoir qu'on est faible du genou et prétendue qu'on saura maîtriser un animal indomptable, c'est bien là, avouez-le, courir au-devant de son sort... Oui, n'est-ce pas ? vous êtes de mon avis, on n'est pas bête comme ça!!!

A coup sûr, Niverleuse a été trahi par son genou. Ah ! s'il avait eu le mien... en acier forgé... qui aurait enserré le cheval comme dans un étau, le pauvre diable ne serait pas là-bas, au cimetière. Il eût triomphé de l'animal, malgré son ardeur et sa rebelle résistance au cavalier.

Car il est superbe ce cheval!!!

J'en puis parler. Je l'ai vu !

Au retour du Père-Lachaise, j'ai songé à venir présenter mes consolations à la veuve. Comme je traversais la cour de l'hôtel, le palefrenier sortait de l'écurie... L'envie subite m'a pris de voir l'auteur de la catastrophe... l'assassin de mon pauvre ami...

Ah ! quelle admirable bête !

Oui, elle ignore ce que c'est que d'être montée, comme le disait Niverleuse... mais montée par un vrai, un solide cavalier... dans mon genre... J'en suis resté saisi d'admiration à tel point... Tenez, j'aime mieux vous le dire tout de suite... J'AI ACHETÉ L'ANIMAL!!! Oui, oui, je sais ce que vous

allez me dire : « Souvenez-vous donc qu'il a tué
Niverleuse et dix-sept autres cavaliers. » C'est possible, mais, à eux tous, pas écuyers seulement
pour quatre sous ! ! ! *Eux, oui... mais moi!*

Le lendemain matin, le parrain en-
fourcha la bête..... et, vingt minutes
plus tard, son filleul Duflost était l'héritier de ses soixante mille livres de
rente.

LA
GRANDE SOIRÉE
DES
DUFLOST

LA
GRANDE SOIRÉE
DES
DUFLOST

LA CAROTTE PRÉPARATOIRE

Devenue riche, madame Duflost a décidé que, pendant l'hiver, elle offrirait deux bals à ses intimes ; mais, en femme de beaucoup d'imagination et d'une sévère économie, elle a aussi décidé que ces réceptions auraient lieu le *lendemain* même des deux

grandes fêtes officielles devant être
données à l'Elysée par M. le président
de la République. — Pourquoi ??? —
C'est ce que va nous apprendre M. Duflost, qui revient d'une course que
lui a ordonnée son épouse.

MADAME. — Eh bien, chéri, as-tu réussi ? Hein
mon idée était bonne, pas vrai ?

MONSIEUR. — Excellente, mais malheureusement
impossible à réaliser, à ce que m'a affirmé le glacier des fêtes officielles.

MADAME, *sèchement*. — Je suis certaine ou que tu
ne m'as pas comprise ou que tu te seras mal expliqué. Voyons, répète un peu pour voir.

MONSIEUR. — Ah ! çà, tu me prends donc pour
une huître ?

MADAME. — Non, mais, vous autres hommes,
vous avez toujours la rage de faire les malins. On
vous charge d'une commission, rien que d'une
commission... Dire cela et pas autre chose... Ah !
ouiche ! on a beau vous seriner la leçon. Il faut
que vous y ajoutiez encore du vôtre... Je jurerais
que tu as changé ma proposition au glacier des
fêtes officielles.

MONSIEUR. — Pas le moins du monde. Je lui ai

dit carrément ceci : « En gâteaux, sandwichs, bouillons, viandes froides, rafraîchissements, etc., etc., que vous fournirez à l'Elysée, il devra vous rester, après la fête, une partie non consommée... Eh bien, de ces comestibles restés, qui vous auront été déjà payés... (et j'ai appuyé sur le « qui vous auront été déjà payés »)... je vous offre encore 25 pour cent du prix que vous les aurez vendus une première fois. En un mot, je vous en débarrasse au rabais. » Hein ! c'était bien là cette commission que tu m'avais donnée ?

MADAME. — Oui... et que t'a répondu le glacier à cette proposition avantageuse ?

MONSIEUR. — Il s'est mis à rire et a fait claquer son ongle sur sa dent en disant : « Après chaque fête il ne me reste pas ça... et j'en fournirais le double qu'il en serait encore de même. C'est à croire qu'il y a des invités qui attendent toute l'année pour manger leur content cette nuit-là. Ils font table rase que c'est une bénédiction... Pas un fifrelin à glaner derrière eux... un radeau de la *Méduse*, quoi ! Des ogres... ou des gens qui en emportent pour leur famille. » Voilà ce qu'il m'a répondu.

MADAME, *se résignant*. — Alors, notre soirée n'aura pas de buffet. C'est malheureux, car, avec

mon idée, nous aurions fait gros embarras à bon
marché.

MONSIEUR. — Nous nous contenterons d'offrir
des rafraîchissements.

MADAME. — Oui, eau sucrée et orgeat pour les
dames ; bière pour les hommes.

MONSIEUR. — Et des glaces... Pendant que je tenais le glacier, je lui ai fait ma commande... Cinquante demi-glaces qu'il nous passe à trente-cinq
centimes.

MADAME, *tressautant*. — Comment dis-tu ça??
Cinquante !!! tu es donc fou !

MONSIEUR. — Dame ! oui, cinquante... puisque
tu comptes sur près de deux cents invités.

MADAME. — Il me semble qu'on peut s'en tirer
sans glaces. Seulement, il faut s'y prendre adroitement... Au moment le plus chaud, nous prierons
mademoiselle Ragirel de nous chanter son grand
morceau « *Ma belle Géorgienne* ». Elle nous en
embête toute l'année ; il est juste qu'une fois au
moins ça nous profite.

MONSIEUR, *effrayé*. — Est-ce que, sérieusement,
tu veux faire chanter mademoiselle Ragirel?... un
chat enfermé dans une table de nuit !!! Oh ! oui,
tu as raison, il n'y aura pas besoin de glaces !! —
Personne ne les attendra, j'en réponds, car à la

sixième note, chacun courra au vestiaire !!! — Crier
« au feu ! » ou faire chanter cette demoiselle, cela
revient au même pour qui veut voir ses salons éva-
cués en un clin d'œil...

MADAME. — Ta, ta, ta, tu l'exagères la puissance
vocale de Perpétue... Ah ! si j'avais les moyens,
comme M. Grévy ! Si le gouvernement venait me
dire : « Tenez, voilà tant pour vos frais, ne lésinez
pas. » Oui, je leur donnerais la Patti et Capoul ;
mais comme le gouvernement ne m'offrira rien, je
trouve que Perpétue est suffisante... Et puis nous
recommanderons au pianiste accompagnateur d'y
aller à poings fermés.

MONSIEUR. — Mais, avec le cachet payé à cet
accompagnateur de la Ragirel, nous pourrions offrir des glaces.

MADAME. — Supprimer le pianiste ! Alors, qui
nous fera danser ?

MONSIEUR. — L'orchestre, parbleu ! L'orchestre
de six musiciens que tu as dû retenir.

MADAME. — Oui, mais j'ai réfléchi et je n'ai rien
retenu... Six musiciens nous coûteraient les yeux
de la tête.

MONSIEUR, *devenu grave.* — Causons donc un peu
sérieusement, ma chère amie : Pas de buffet, pas

de glaces, pas d'orchestre... et cela sous prétexte
que cela coûterait trop.

Madame. — Est-ce que tu vas me faire un crime
de viser à l'économie ?

Monsieur. — Non, grands dieux, non... Mais
puisque tu retranches tout, je te demanderai à quoi
tu entends dépenser le crédit de douze cents francs
que je t'ai alloué pour donner ta soirée ?

Madame. — Et ma toilette de bal ??? Tu n'as
sans doute pas compté que je recevrais mon
monde toute nue ?

Monsieur, *sèchement*. — Tu m'avais pourtant
affirmé, quand, pour la première fois, tu m'as
parlé de ce bal, que tu t'en tirerais avec une de
tes anciennes robes. Tu as même ajouté : « Et je te
prie de croire que je ne serai pas encore une des
moins élégantes. »

Madame, *sans répondre directement*. — Si cela
peut te faire plaisir, je me mettrai en pauvresse.

Monsieur, *jugeant inutile de lutter*. — Daigneras-
tu au moins m'apprendre ce qu'a coûté cette nouvelle robe ?

Madame, *câline*. — Surtout, ne me gronde pas,
mon chat, je te jure que c'est la faute de la couturière... Je lui avais bien recommandé de ne pas
dépasser cent cinquante francs... Ah ! d'abord, il

faut te dire que ma couturière a été débordée par l'ouvrage à cause du mariage de la future reine d'Espagne... C'est elle qui a fait presque toutes les robes des grandes dames espagnoles. Donc, quand je suis venue pour réclamer la mienne, la couturière s'est frappée le front en s'écriant : « Comment, cette robe-là est pour vous ! il ne faut pas m'en vouloir, mais je me suis perdue au milieu de toutes ces commandes! J'ai cru que votre robe était pour la reine Isabelle... alors j'ai forcé pas mal sur la garniture, de sorte que le prix dépasse un peu les cent cinquante francs convenus. » En me disant cela, ma couturière avait un tel air de sincérité, que je me suis laissée toucher, et...

MONSIEUR, *qui ne croit pas un mot de cette histoire.* — Bref, combien a coûté cette robe ?

MADAME, *après hésitation :* 1,198 fr. 60.

MONSIEUR, *recevant le coup sans broncher.* — C'est donc avec les 28 sous qui te restent que tu te proposes de faire face aux frais d'un bal de deux cents invités ?... car tel est le nombre, m'as-tu dit, des lettres envoyées.

MADAME. — Envoyées ? Non, mais préparées... Si tu le désires, nous en supprimerons la moitié.

MONSIEUR. — Et, encore, cent personnes ne pourront jamais tenir dans notre appartement.

MADAME. — Nous ferons monter nos meubles au grenier.

MONSIEUR. — Même avec nos meubles enlevés. la place nous manquera encore.

MADAME. — Si nous décrochions aussi nos tableaux ?

MONSIEUR, *après avoir réfléchi.* — Puisque tes invitations ne sont pas encore expédiées, je propose une chose... Remplaçons le bal par un dîner de six couverts... (*Tirant dix louis de son gousset.*) et voici pour solder les frais supplémentaires de ce repas.

MADAME, *après avoir empoché les dix louis.* — Je propose encore mieux... Supprimons même le dîner.

MONSIEUR. — Mais, au moins, te faut-il une occasion de mettre et de faire voir ta fameuse robe de 1,198 fr. 60 cent.

MADAME, *avec une risette.* — Quand je ne la mettrais que pour toi seul, où serait le mal, mon loup vert? (*Gaiement.*) Oui, c'est décidé, pas de bal!... Nous nous moquerons de ceux qui clabauderont que tu n'es qu'un pleutre, indigne de la fortune qui lui est tombée du ciel.

MONSIEUR, *froissé.* — Moi, un pleutre ! Pourquoi mettrait-on la chose sur mon seul dos?

MADAME. — Parce que j'ai parlé à beaucoup de

mes amies de la robe que je me faisais faire. Alors,
tout naturellement, chacune se dira : « Quel nez
doit avoir cette pauvre madame Duflost; elle qui
s'était mise en frais de toilette !... Au dernier moment, son pleutre de mari aura reculé devant la
dépense. »

MONSIEUR, *se redressant.* — Jamais un pleutre n'a
été dans ma peau ! (*Avec autorité.*) Notre bal aura
iieu. (*En appuyant.*) Et il aura lieu avec orchestre,
glaces... et même souper. (*D'un ton de tyran.*) Pas
un mot de protestation, Cunégonde, je te le défends !!!

MADAME, *résignée* — Puisque tu l'exiges !

LA LISTE DES INVITÉS

Ayant ainsi obtenu le paiement de
sa robe, madame est devenue plus ardente à amener l'occasion de la montrer à ses amies. Aussi, sans en avoir
l'air, elle pousse son bourreau à donner le bal.

Avouons que M. Duflost, froissé par
l'épithète de « Pleutre », ne se fait pas
tirer l'oreille pour cette fête qu'il veut

ruisselante d'inouïnisme, — c'est son expression — dût-elle lui coûter *ses petits boyaux,* — autre expression à lui.

Le jour de l'envoi des billets d'invitation, madame, pourtant, se gendarme à propos d'un nom.

MADAME. — Je dois te prévenir qu'il en est un
que je ne veux pas voir mettre les pieds chez nous
Ah ! non par exemple ! car si celui-là tombe à
l'eau, je ne lui conseille pas de compter sur moi
pour le sauver.

MONSIEUR. — De qui parles-tu ?

MADAME. — De ton monsieur Buflard des Palombes.

MONSIEUR. — Du commandant ? Tu m'étonnes !...
Tout honneur et loyauté ? Plus franc que l'or ;
Rien des mièvreries de la cour de Louis XV, car il
est plutôt un homme du moyen âge... Tu pourrais
lui confier ta fortune sans crainte, il...

MADAME. — Tais-toi donc ! C'est un filou qui me
doit cinq sous depuis le jour des Rois, où nous
avons reçu quelques-uns de tes amis... Comme tu
m'avais recommandé d'être aimable avec tout ton
monde, je vois cet ours, assis dans un coin, qui,
avec ses gros doigts... tout machinalement, il est
vrai... déchirait la passementerie de son siège. Je

vais à lui, la bouche en cœur, et de ma voix flûtée :
« Commandant, accepterez-vous une tasse de thé ?
— Pas même en lavement, me répond-il. » J'aurais
dû en rester là, mais pour ne pas en avoir le dé-
menti, je continue : « Aimez-vous le piano ? — Je
le préfère à la gale, mais de bien peu, » me réplique ton homme du moyen âge.

MONSIEUR. — Hein ! que te disais-je ? Franc
comme l'or ! tu as vu ?

MADAME. — J'ajoute : « Alors vous serait-il
agréable de faire une partie d'écarté avec moi ? »
— « Oui et Jean Fesse qui s'en dédit ! » s'écrie-t-il
en me suivant à la table de jeu... Nous voilà donc
assis et nous tirons la donne, qui lui tombe. — « Je
demande des cartes... lui dis-je. » — Crachez vos
glaires. Je veux voir ce que vous avez dans le
boyau, » me répond-il. — Cette fois, je n'aurais
pas compris sans le vidame de Bondy, assis à mon
côté, qui me souffla : « Cela veut dire : Jouez. »
Aussitôt j'abats une dame de cœur qu'il me coupe
en disant : « Je lui casse le coxis ! » Et, à son tour
il jette un roi de carreau en annonçant : « Cocu
des vitriers. » Je n'avais pas de carreau ; je prends
d'un atout et je ramassais ma levée, quand le
voilà qui m'arrête de sa grosse main en hurlant :

« Minute   petite mère, n'effarouchez donc pas

5

les cartes si vite que ça; je tiens à vérifier. » Enfin
il consent à m'abandonner la levée. Il paraît que
ça l'avait mis en rage, car, tout à coup, il se retourne furieux vers M. Canivet, debout derrière sa
chaise, en grondant : « Dites donc, quand vous aurez fini de m'agacer les fesses avec votre pied qui se
trémousse sur le bâton de ma chaise... Avez-vous
juré de me flanquer la colique ! » Bref, je fis le
point et j'étais en train de le marquer quand ce
bon M. Canivet a l'imprudence de dire : « Mal
joué, commandant; à votre place j'aurais lâché
pique. » Ah! si tu avais vu la figure de ton homme
du moyen âge... une pivoine! et des yeux, tout
ronds, qui lançaient des flammes. J'ai cru qu'il
allait dévorer Canivet quand il a beuglé : « Mal
joué ! de quoi, mal joué ! Est-ce que je pouvais me
douter que cette sacrée margot-là avait encore
un atout !... Et puis, tenez, au fait, j'en ai
assez de jouer avec une femelle ! » Et, là-dessus, il
a quitté la table de jeu sans même me payer les
cinq sous d'enjeu, puisqu'il abandonnait la partie.
(*S'emportant.*) Ah! oui, je me le rappellerai, ton
commandant Buflard des Palombes !... si je le vois
à notre soirée, j'arrive aussitôt dans le salon,
en brûlant du sucre sur une pelle, je t'en préviens.

MONSIEUR. — Alors puisque le commandant te déplaît à ce point, nous ne l'aurons pas... Au dernier moment, je lui ferai dire que la soirée est remise... Tiens ! je chargerai Ducoudray de la commission.

MADAME. — Ah ! oui, votre Ducoudray, ce mauvais fabuliste de carton... J'aime à croire que vous ne l'avez pas non plus invité, ce rimailleur-là.

MONSIEUR. — Pourquoi?

MADAME. — Mais parce que je ne veux pas, dans mes salons, d'un athée pareil. Un monstre qui ne croit ni à Dieu ni au diable !

MONSIEUR. — Quelle erreur ! J'avouerai même que sa dernière fable est empreinte d'un sentiment religieux qui m'a surpris.

MADAME. — Pas possible !

MONSIEUR. — Écoute plutôt.
(*Récitant :*)

> L'amour et la digestion
> Se mirent un jour en ménage.
>
> MORALITÉ.
>
> Et ce fut la congestion
> Qui naquit de ce mariage.

S'écriant.) Ah ! non, ce n'est pas celle-là ! je me

suis trompé de fable !... Ouvre l'oreille, ma bonne. Voici celle qui est empreinte d'un sentiment religieux.

(*Récitant.*)

Sur le nez d'une demoiselle
Vivait un furoncle malsain.
« Ignoble bobo ! » disait-elle,
Un jour qu'elle prenait un bain.
Tout à coup, du fond d'une armoire,
S'élance un tigre en appétit.
Sous l'eau de son de la baignoire,
La belle plonge sans répit.
Son nez seul, sortant du liquide,
Montrait le furoncle à son bout.
Loin de tenter la bête avide,
Ce nez la fit fuir de dégoût.

MORALITÉ.

Aux champs aussi bien qu'à la ville,
Dieu ne créa rien d'inutile.

Hein ! tu vois le sentiment religieux.

MADAME, *s'adoucissant.* — Ce n'est pas malheureux, il reconnaît un être au-dessus de lui, ce chenapan qui crève d'orgueil !

MONSIEUR. — Lui ! orgueilleux ! Où vas-tu chercher cela ! C'est, au contraire, le garçon le plus modeste... une vraie violette qui se cache sous l'herbe... il pratique non seulement la modestie, mais il la recommande dans presque toutes ses fables... Écoute encore, j'en prends une au hasard.

(*Récitant.*)

> Sous le chignon d'une pauvresse,
> Un pou russe vivait heureux.
> Il y serait mort de vieillesse,
> Mais c'était un ambitieux.
> Sur le cou blanc de la Czarine,
> Il ôsa venir se poser.
> Orloff aperçut la vermine
> Et l'écrasa sous un baiser

MORALITÉ.

> Jamais, vous dira la prudence,
> Ne vous mettez en évidence.

Hein! est-ce là une leçon de moralité? je te le demande... Et à tout bout de champ, il prêche la modestie... Veux-tu une autre fable? je la prends toujours au hasard :

(*Récitant.*)

Une puce...

Comme La Fontaine, son maître, Ducoudray aime à mettre les animaux en scène... D'abord un

tigre ; tout à l'heure un pou ; à présent une puce
(*Recommençant.*)

> Une puce sautait, légère,
> Entre les seins nus d'un bas bleu.
> Un rhinocéros la vit faire
> Et voulut imiter ce jeu.
> Mais sur le satin de la butte,
> Il glissa fort imprudemment,
> Se fendit la tête en sa chute,
> Son dernier soupir fut « maman ! »

Maintenant, dis-moi si la moralité de cette fable
n'enseigne pas la modestie à tous venants... même
à des rois... Je t'en prie, écoute :

MORALITÉ.

> Ne sortons pas de notre sphère,
> On fait mal à vouloir changer.
> Si vous naissez roi d'Angleterre,
> Ne tentez pas de vidanger.

*Après ce plaidoyer en faveur de son ami, M. Duflost
avance son dernier argument.* — Et puis, ma chérie,
permets-moi d'ajouter qu'à ne pas vouloir inviter
Ducoudray, tu risques de compromettre une partie
de notre programme... celle du PROVERBE DRAMA-
TIQUE dans lequel Ducoudray a bien voulu accepter
un rôle,

MADAME, *cédant.* — Soit! invitez votre Ducoudray.

On comprend, du reste, que pour at-
teindre à son « *ruisselant d'inouïnisme* »,
M. Duflost s'est ingénié à multiplier
tous les sujets de GREAT ATTRACTION
qui doivent attirer la foule dans ses
salons. C'est avec une juste fierté qu'il
donne à son épouse la nouvelle suivante :

— Je compte sur la présence de quelques hautes
notoriétés politiques.

MADAME, *vivement.* — Aurons-nous l'honneur de
recevoir Victor Hugo?

MONSIEUR. — A mon grand regret, non... mais
il sera parlé de lui, car nous aurons un comédien
célèbre qui nous récitera la pièce de vers qui commence par :

Le siècle avait deux ans... etc.

MADAME, *avec admiration.* — Que c'est beau le
génie!!! Cela donne le droit de dire une bêtise
énorme et la satisfaction de l'entendre répéter par
tout l'univers!!!!!

MONSIEUR. — Où vois-tu une bêtise?

MADAME. — Je t'en fais juge... Réponds-moi :
Quand le siècle a-t-il eu deux ans ?

MONSIEUR. — Parbleu! Le soir du 31 décembre 1802, au premier coup de minuit.

MADAME. — Et quand Victor Hugo est-il né?

MONSIEUR. Le 27 février 1802.

MADAME. — Donc le siècle n'avait pas deux ans,
hein !... il n'avait qu'un an et 58 jours...

MONSIEUR, *assommé par cette vérité.* — C'est juste!
je dois en convenir! (*Ménageant la chèvre et le chou.*)
Seulement il faut reconnaître que, si la logique te
donne la raison, la poésie n'a pas tout à fait tort,
car « UN AN ET CINQUANTE-HUIT JOURS » aurait un
peu trop allongé le vers... En tout, ma chérie, il
ne faut pas toujours chercher la petite bête.

MADAME, *haussant les épaules.* — Si, un 27 février,
ton propriétaire venait te présenter la quittance
de l'année entière, je voudrais voir si tu ne lui
chercherais pas la petite bête !

Nous ne saurions trop le répéter
M. Duflost n'a reculé devant aucune
dépense pour assurer la parfaite réus-

site de sa réception. — EXEMPLE :
Après l'envoi des billets d'invitation,
alors que la fête ne pouvait plus être
décommandée, M. Duflost a dû subir
le *chantage* de son propriétaire, ainsi
que le prouve le reçu qui suit :

Reçu de Monsieur Duflost la somme de cinq cents francs à titre d'indemnité pour retard apporté, sur sa demande, à la vidange des trois fosses de mon immeuble qui devait s'opérer dans la nuit du 8 au 9 décembre.

Le Propriétaire,

Piédepuce.

Enfin le matin même du jour de la
fête, M. Duflost qui s'est ravagé le cerveau à la recherche du **clou** auquel
s'accrochera l'admiration de ses invi-

5.

tés, se présente triomphant devant son épouse, car il a trouvé l'intermède que, demain, les reporters de tous les journaux prôneront dans leur compte rendu.

Il laisse à sa femme le choix entre le dompteur **Karoly** avec ses cinq lions les plus féroces et un illustre **savant du Paraguay,** don IGNACIO DEL RASOIRO, membre correspondant de l'Académie des sciences.

Supposant avec juste raison que son salon serait trop étroit pour permettre au dompteur et à ses lions d'évoluer à l'aise, madame s'est décidée pour le **savant paraguayen** dont M. Duflost ne cesse de lui dire : « **Quand il parle, on se pend à ses lèvres!!!** »

———

A dix heures, apparition des premiers invités. A minuit la foule se presse à tel point dans le local qu'on a, pourtant, vidé de tous ses meubles, que M. Duflost, pour donner un

peu plus de place à son monde, se
décide à user de l'idée de sa femme.
Il fait décrocher ses tableaux. Un
« *Ouf!* » de satisfaction générale le
récompense de son ingénieuse idée.

Intimément convaincu d'avoir atteint son « *ruisselant d'inouïnisme* »,
M. Duflost fend les groupes avec l'espoir de recevoir, à chaque pas, les
félicitations et remerciements de ses
invités. — Hélas ! son espérance est
trompée ! son oreille, tendue à l'é-
loge, ne recueille rien qui le concerne
aux stations qu'il fait successive-
ment :

1o — Au buffet.
2o — Au fumoir.
3o — Entre deux portes.
4o — Dans le groupe politique.

C'est à croire qu'on prend M. Duflost pour un agent de police et qu'on
change de conversation à son approche, car il n'entend pas le plus

mince éloge. Suivons-le dans ses pé-
régrinations.

1° AU BUFFET

(La conquête de Luischen.)

UN BUVEUR, *à son voisin, après avoir lampé un
verre de bordeaux :* — Pas mauvais, mais j'aime
mieux la bière. — Tel que vous me voyez, je n'ai
pas peur de trente chopes à la file... et je ne me
pose pas en Phénix, car j'ai rencontré plus fort,
beaucoup plus fort que moi. — J'ai assisté, un
jour, à un duel à la bière entre deux rudes jouteurs.

On les appelait Anvers et Mayence, du nom même de la ville dont celui-ci ou celui-là faisait la gloire et l'orgueil. Depuis l'invention de la bière, on n'avait jamais vu de pareils buveurs !

Anvers était si petit, si gros, si rond que sa bouche fendue jusqu'aux oreilles lui donnait l'air d'un grelot. En pensant à ce que sa rotondité pouvait contenir de liquide, on s'écriait tout effrayé : « Oh ! oh! » Alors ses compatriotes, tout fiers, vous citaient, parmi ses plus illustres exploits, deux jouteurs expédiés par les Flandres qu'Anvers, en buvant canette contre chope, avait couchés sous la table.

Mayence était long et sec, mais il avait la propriété du vieux biscuit desséché, qui se gonfle en absorbant le liquide. L'Angleterre lui avait envoyé son plus illustre champion ; Mayence, en adversaire généreux, avait pris une avance de vingt chopes, puis il était entré en lice, et, cinq heures après, l'adversaire avait crié grâce.

Donc, par jalousie de buveurs, Mayence et Anvers se haïssaient cordialement.

Mais ils ne s'étaient jamais combattus.

La frayeur d'une si haute réputation compromise par un échec les avait retenus. Chacun se disait bien que le royaume de Gambrinus comptait

un buveur de trop sur terre ; mais la crainte d'être
le buveur en moins arrêtait leur ardeur d'en venir
aux mains.

L'amour seul put les décider à une rencontre.

*
* *

Ah ! si vous aviez connu la belle Luischen
Krauskopff, cette magnifique Bavaroise qui ne
rougissait pas de peser ses deux cents kilos : des
cheveux rouges si ardents qu'il fallait lui faire la
cour avec des lunettes bleues ; une gorge à garnir
un mille de poitrines d'Anglaises ; notre colonne
Vendôme était une simple aiguille... comparée au
bas de sa jambe ; des pieds larges comme le pla-
teau d'un thé de douze tasses ; des mains et surtout
des doigts à ganter le carrefour Gaillon.

*
* *

Force était de se mettre à huit pour lui prendre
la taille.

Quant à la pincer, n'importe où, il était inutile
d'y songer ; il y en avait tant et tant que, la sensa-
tion ne lui arrivant que longtemps après, il fallait
attendre au moins trois jours pour la voir se retourner et vous administrer un soufflet en s'é-
criant : Polisson !

Telle était cette incomparable Luischen, qui sut

allumer simultanément l'amour d'Anvers et de
Mayence. Comme les anciens preux, ils résolurent
de se la disputer les armes à la main.

* *

Au jour dit, sur territoire neutre, *au Faucon* de
Cologne, les deux adversaires se rencontrèrent,
escortés de leurs témoins. Bien que la lutte eût été
tenue secrète, la nouvelle avait transpiré, et la
brasserie regorgeait d'Anversois et de Mayençais,
accourus pour soutenir le courage du champion
de leur ville.

Assise sur un double muid... qu'elle débordait,
Luischen était là, ainsi que, dans nos foires, on
place bien en vue le lapin qui doit exciter et récompenser l'adresse des joueurs.

Les conditions du combat furent réglées par les
témoins :

1º Le combattant qu'une évacuation naturelle
obligerait à quitter la table décompterait aussitôt
cinq chopes au profit de l'autre.

2º Sous la même peine, la chope se devait boire
d'un seul trait.

3º L'adversaire qui, de son doigt à la gorge, ten-
terait, à la façon romaine, d'opérer le vide, serait
honteusement mis hors de combat.

Les deux rivaux furent assis bien en face, on leur attacha une serviette au cou, puis, au milieu d'un religieux silence, qui laissait entendre les battements du cœur de Luischen, les témoins donnèrent le signal.

*
* *

Oh! les dix premières chopes! une simple larme ne serait pas plus vite absorbée par le sable brûlant du désert!

Dès la première chope qui s'engouffrait dans les profondeurs d'Anvers, on avait entendu ce simple bruit d'un verre d'eau qu'on jette dans un puits vide.

Quant au sec Mayence, l'humidité l'avait un peu gonflé.

Une pause; puis encore quinze chopes, puis une autre pause se succédèrent.

— Hourra! criaient les Anversois.

— Bravo! hurlaient les Mayençais.

Luischen baissait modestement les yeux par impartialité, car chaque lutteur guettait un regard encourageant.

*
* *

Le combat avait recommencé, quand, à la tren-

tième chope, Anvers éprouva le besoin... de se
lever, et sortit suivi et surveillé par les témoins de
son ennemi et les Mayençais, ivres de joie de ce
premier échec de leur adversaire. — Que voulez-
vous! on n'est pas parfait! c'était le défaut de la
cuirasse d'Anvers. Tristes et mornes, les témoins
d'Anvers et les Anversois restèrent l'œil fixé sur les
moindres mouvements de l'heureux Mayence. —
Cette double vigilance, de part et d'autre, surveil-
lait le fameux doigt romain.

*
* *

A la rentrée, un procès-verbal constata que tout
s'était passé *naturellement* de la part d'Anvers, qui,
aux conditions du combat, perdait simplement
cinq chopes. Il n'en revint que plus acharné au
combat; aussi, en reprenant son verre :

— J'aurai Luischen! dit-il avec rage.

— Quand elle sera ma veuve! répliqua dédaigneusement Mayence, qui malheureusement comptait trop sur ses cinq chopes d'avance, ainsi que le
prouva la suite.

Soit que Luischen éprouvât une ancienne et secrète sympathie, soit que son cœur eût parlé en
faveur du plus fort, elle ne put dissimuler sa pré-

férence, et, quand Mayence leva sa quarante-
sixième chope, il se sentit tout à coup magnétisé
par un brûlant regard.

Le bonheur lui coupa la respiration.

Bien courte fut son émotion, mais elle suffit à
ses adversaires pour constater que le verre avait
été bu en deux traits, ce qui, d'après les traités,
le forçait de rendre les cinq chopes perdues par
Anvers.

Les deux rivaux revenaient au pair...

Furieux d'une imprudence qui lui avait fait
compromettre son avantage, Mayence hurla :

— Luttons à la canette!

— Prenons le moos! cria Anvers.

S'ils ne burént pas dans des seaux, c'est qu'on n'en trouva pas sur-le-champ d'égale grandeur. Les moos arrivèrent, et la joute reprit plus furieuse. De la cave à la table, les assistants faisaient la chaîne comme à l'incendie. Le silence n'était interrompu que par les glouglous du liquide qui s'entonnait.

Ils boiraient peut-être encore aujourd'hui si Luischen n'avait précipité la catastrophe.

*
* *

Affligée de l'échec de Mayence, qu'elle s'attribuait, l'imposante Bavaroise, pour l'encourager, le baignait de ses plus voluptueux regards, et, oubliant son impartialité première, elle cachait si peu sa préférence qu'Anvers, à sa soixante-seizième chope, surprit le baiser brûlant qu'elle envoyait à son antagoniste.

Alors, la rage l'étouffa. La jalousie, lui serrant la gorge, empêchait la boisson de s'ingurgiter! Il resta un instant les joues gonflées et les lèvres nerveusement serrées; enfin, les muscles se détendirent involontairement, la bouche s'ouvrit et la gorgée s'épandit au dehors...

Anvers amenait ainsi son pavillon ! Anvers était vaincu !

Les Anversois, abandonnant leur champion, s'enfuirent au milieu des huées des Mayençais, qui se cotisaient déjà pour faire une pension à leur glorieux buveur.

Quand l'heureux vainqueur, avec ce cloc-cloc qui dénote un vase à moitié plein, s'avança vers la magnifique Luischen, elle eut un premier mouvement pour s'élancer vers celui qui l'avait conquise.

*
* *

Mais le cœur de la femme est plein de subits revirements et d'incroyables caprices.

Luischen songea tout à coup à cette jalousie qui avait paralysé Anvers, et, repoussant l'amoureux Mayence qui se penchait pour cueillir sur sa vaste joue le baiser des fiançailles, elle lui montra le vaincu gisant à terre endormi.

— La honte le rendra trop malheureux au réveil, dit-elle ; que mes faibles appas lui soient une consolation...

2° AU FUMOIR

(L'eau de Lourdes.)

Au moment où M. Duflost, toujours
en chasse de félicitations sur sa soirée,
se glisse dans le fumoir, chacun prête
la plus religieuse attention à un gros
monsieur qui est en train de dire :

— Eh ! eh ! on blague donc ici l'eau de Lourdes !
Ce n'est pas un reproche que je vous fais, mes enfants, car, moi aussi, je l'ai blaguée... et blaguée
ferme, je le jure, attendu que je suis de la nature
des molosses auxquels il faut mordre l'arrière-train
pour leur faire lâcher prise..: Oui, mais, à cette
heure, je ne blague plus, j'ai le bec clos (commo

dit Sarah Bernhart), et pourtant... regardez-moi
dans le blanc des yeux... ai-je l'air d'un gobeur?
Hein! non, n'est-ce pas? Tant s'en faut!... Oh! non,
pas gobeur pour un sou! Et trop vieux pour le
devenir, car j'ai soixante-neuf ans dont cinquante-
sept dans la cordonnerie!

Tenez, au moment où le cuir était si cher qu'il
était question de supprimer les chaussures, on
serait venu me dire : « Reconnaissez que le pape
ne se trompe jamais, et tout de suite, nous vous
couvrons de cuir pour rien. » J'aurais répondu
tout net : « Remportez votre cuir, je ne suis pas
un gobeur, moi! »

Non, pas gobeur! mais pas entêté, non plus.
Qu'on me mette le nez dans l'évidence et je dis aussitôt : « J'avais mal pris le vent. » Or, on m'a mis
le nez dans l'évidence. Et savez-vous qui? C'est
Adélaïde, ma chère épouse... dix-huit ans, peau
d'hermine, des cheveux longs comme ça, une
bouche si petite qn'il faut lui choisir ses asperges...
mais, malheureusement, d'une si pauvre santé,
que les médecins avaient toujours dit à son père :
« Ne la mariez pas, ce serait la tuer, le mariage
ne lui réussirait pas. » Aussi, le papa, qui avait la
bêtise de jouer avec l'absinthe, se désolait en répé-
tant : « Seule au monde, sans époux qui la pro-

tège, que deviendra Adélaïde quand j'aurai lampé
mon dernier verre ? »

Alors, moi, je lui ai dit :

— Veux-tu que je l'épouse, ton Adélaïde ?

— Mais tu sais bien que les docteurs affirment
que le mariage... et son nanan... ne lui réussi-
raient pas, me répondit-il.

— Est-ce que je n'ai pas cinquante et un ans
de plus que la petite ? A mon âge, je ne puis être
pour elle qu'un second père, rien qu'un père. Ce
n'est pas ce mariage-là qui la tuera, tu comprends ?
Et au moins quand tu auras vidé ce bas monde,
Adélaïde aura un protecteur.

— C'est une idée, s'écria-t-il.

Bref, un mois plus tard, il était mort et j'étais
l'époux... ou plutôt le second père d'Adélaïde, une
pauvre ingénue tant innocente, qu'elle en est bé-
casse... Et si je vous le dis, c'est que c'est comme
cela, car on ne m'en fait pas gober.

Voilà donc qu'un beau matin, il y a deux mois,
j'entre dans sa chambre en père, rien qu'en père.
Elle allait s'habiller. Respect que je vous dois, elle
était en chemise... Qu'est-ce qui me frappe aussitôt
à première vue ? C'est qu'en ce négligé sommaire,
elle était plus corpulente que, son corset mis, en
toilette achevée.

— Tiens ! fis-je avec étonnement.

Sur ce, mon ingénue se met à fondre en larmes en balbutiant :

— Oui, c'est ma maladie qui me reprend ; je n'osais pas t'en dire un mot pour ne point inquiéter ta tendresse.

— Où cela te tient-il ?

— Là, dans le ventre, il me semble que ça gonfle.

— Il faut appeler un médecin. Quel docteur te soignait chez ton père ?

— Mon cousin Ernest, qui connaît mon tempérament... il m'a déjà soignée trois fois pour ce mal-là.

— Eh bien, appelons Ernest.

Une heure après, je vis accourir l'Ernest ; un beau garçon, ma foi ! Trente ans, bien bâti. Il m'explique que la maladie... de je ne sais quel nom en *aire*... s'est compliquée d'une autre maladie en *psie*, etc. Bref, un tas de détails qui m'impatientent à ce point que je lui coupe la parole par ces mots :

— Moi je suis dans les cuirs ; chacun fait son métier ; faites le vôtre.

Et là-dessus, je les laisse ensemble.

Un mois se passe ; l'enflure avait augmenté. Mon

Ernest avait l'air penaud d'un lapin savant qui a promis des tours qu'il ne peut exécuter.

— J'espère beaucoup du temps pour voir tomber l'enflure, me répétait-il.

Je voyais bien qu'il mâchait sur le bout de la langue quelque chose qu'il n'osait pas me dire.

— Voyons, finirez-vous par accoucher? demandai-je avec impatience.

Ce mot le fit sourire et lui donna le courage de parler.

— Tenez, fit-il, mes confrères m'en ont dit tant et tant de bien, que nous devrions envoyer notre malade aux eaux de Lourdes.

— Oh! le crétin!!! m'écriai-je en éclatant d'un si gros rire que je me tordais sur ma chaise.

Mais lui, tout honteux, riant jaune, me répétait en secouant la tête :

— Oui, je sais bien, je suis comme vous, je n'y crois pas, mais mes confrères m'ont tant prôné cette boisson... on doit essayer de tout... Si l'eau de Lourdes ne lui fait pas de bien, elle ne lui fera pas de mal... A votre place j'en tâterais.

—Sapristi! vous me prenez donc pour un gobeur, un jobard, un avaleur de balivernes... Est-ce que c'est le moment où j'ai dans le dos une grosse opération sur les cuirs, que j'irais choisr

6

pour traîner ma femme là-bas... moi qui ne suis
pas un gobeur, chacun le sait... Parole d'honneur! Ce serait à me faire montrer au doigt dans
toute la cordonnerie.

— Oui, mais moi qui ne suis pas dans la cordonnerie, j'ai bien envie de profiter de l'occasion
pour faire d'une pierre deux coups.

— Quels deux coups?

— D'abord en faisant la conduite à Adélaïde
qui a besoin d'un protecteur durant ce voyage et,
ensuite, arrivé sur les lieux, en étudiant cette
énorme mystification afin d'en faire un rapport
dans lequel je sabrerais de belle importance tous
ces farceurs-là.

A cause de mon opération sur les cuirs qui absorbait mon temps, j'avais besoin de ma liberté.
De plus, je n'étais pas fâché d'être débarrassé
d'Adélaïde et cela gratis. Je saisis la balle au bond
en m'écriant :

— Tenez, je vous propose un pari.

— Lequel?

— Vous payerez tous les frais du voyage si l'enflure résiste à l'eau de Lourdes?

Vous le voyez, hein! je parierais à coup sûr.
Maître Ernest, ainsi collé au mur, n'osa pas re-
culer. Le lendemain, ils partirent et, devenu libre,

je pus me livrer à mon opération sur les cuirs qui
m'occupa si bien que trois semaines avaient filé
comme l'éclair quand je reçus le télégramme suivant :

*« Me pince pour savoir si je suis
éveillé. — M'en reviens pas. —
Eau miraculeuse. — Enflure disparue
hier. —   Ernest. »*

— Est-ce qu'il se fiche de moi ? me demandai-
je, sans croire un mot du télégramme.

Je serais bien parti, mais mon opération sur les
cuirs n'était pas terminée. En remettant mon départ du jour au lendemain, je laissai passer encore
deux semaines au bout desquelles, un beau matin,
je vis arriver Adélaïde et son Ernest.

On a beau ne pas être gobeur, il faut bien se
rendre à l'évidence, pas vrai? Adélaïde était
fraîche, rose... et une taille de guêpe!!! bref, d'un
appétissant!!! C'était à me désoler de ne pouvoir
être qu'un père pour elle!!!

Quant à Ernest il paraissait désespéré d'avoir

eu raison contre moi et, s'attendant à mes blagues, il me disait d'un air grave :

— Ne riez pas de moi, Mathurin, car je suis converti. Cette eau opère des miracles qui déroutent la science.

A ce mot de miracle, un espoir me vint au cœur et je lui demandai tout bas :

— L'eau ferait-elle un miracle pour un homme de soixante-neuf ans... qui voudrait se voir à même de ne pas être qu'un père ??? Parlez franc, vous savez que je ne suis pas un gobeur.

— Je ne vous dis ni oui ni non. Tout ce que sais, c'est que j'ai constaté des résultats merveilleux... de toutes sortes.

— De toutes sortes !... Alors je vais me mettre à en boire.

Et, ce matin, j'ai écrit à Lourdes pour qu'on m'expédie de l'eau en bouteilles... Seulement, j'ai demandé que, pour commencer, on ne m'en envoie pas plus de six cents bouteilles.

3° ENTRE DEUX PORTES

(Dans l'espoir du divorce.)

Toujours en quête de félicitations,
M. Duflost, tout avide d'entendre
parler de son bal, se glisse derrière
deux invités qui, entre deux portes,
causent avec une certaine intimité.
Et voici ce qu'il écoute :

MONSIEUR SECOND. — Alors votre avis est que
M. Naquet, qui a entrepris de faire triompher le
divorce, obtiendra gain de cause ?

MONSIEUR PREMIER. — J'en suis si persuadé que
je regarde le divorce comme déjà voté par la
Chambre.

MONSIEUR SECOND. — Je suis fort heureux de vons

6.

voir partager complètement mon opinion. (*Timidement, après un petit silence.*) Est-ce que vous ne me remettez pas?

Monsieur Premier. — Pas précisément. Votre figure ne m'est pas inconnue, je l'avoue, mais je ne puis me souvenir en quelle occasion j'ai eu l'honneur de me rencontrer avec vous.

Second. — Occasion récente pourtant. C'est chez moi que, tout dernièrement, vous êtes venu prendre des renseignements sur la cuisinière nommée Sophie Orognard, qui, sortie de ma maison, se présentait pour entrer chez vous.

Premier. — Ah! oui, c'est vrai, cher monsieur, et je ne saurais trop vous remercier de la franchise avec laquelle vous m'avez détourné de prendre cette fille.

Second. — Aussi, c'est en me disant qu'un service en vaut un autre que je viens à mon tour pour vous demander des renseignements.

Premier. — Sur qui ?

Second. — Sur votre femme.

Premier. — Ma femme! Mais je n'ai plus de femme... nous nous sommes séparés de corps et de biens en attendant le divorce ! ! !

Second. — Sur votre ex-femme, si vous aimez mieux... Donc, franchise pour franchise.

PREMIER, *étonné*. — Est-ce qu'elle se présente chez vous comme cuisinière ?

SECOND, *froissé*. — Non ; mais, aussitôt le divorce voté, j'aurai l'honneur de solliciter sa main

PREMIER. — Ah ! alors, c'est vous qui prendrez donc la suite de l'affaire ?

SECOND. — Oui... Aussi, je le répète, je vous demande franchise pour franchise.

PREMIER. — C'est bien délicat ce que vous venez exiger de moi !... Est-ce que vous êtes friand de détails ? ? ?

SECOND. — Oh ! non... en gros... un simple résumé qui m'indique le chemin à prendre.

PREMIER. — Oui, comme qui dirait une lanterne sur des démolitions.

SECOND. — Précisément... qui me prévienne du casse-cou, s'il existe.

PREMIER. — Dame ! si c'est en gros, je vous dirai alors que c'est une femme qui se tient propre sur elle... Deux dents de moins au fond de la bouche... Pas dévote, bonne mangeuse... Pas pour quatre sous de poésie... et aimant à coucher dans la ruelle.

SECOND, *vivement*. — Dans la ruelle, dites-vous Veuillez m'expliq...

Premier, *interrompant*. — Alors, vous êtes friand de détails??? Avouez-le donc.

Second, *se défendant*. — Mais non, mais non, ne le croyez pas (*Après une pause.*) C'est une femme d'ordre, n'est-ce pas?

Premier. — D'ordre, oui... si, par ce mot, vous entendez qu'elle ne laisse pas traîner son peigne sur le beurre... Alors, oui, femme d'ordre, mais rien de plus.

Second. — Diable !

Premier. — Vous avez été franc avec moi pour la cuisinière, je le suis à mon tour avec vous.

Second. — Alors, vous pensez qu'en lui donnant cinq cents francs par mois pour sa toilette...

Premier. — Cinq cents francs pour sa toilette ! ! ! Mais je lui en donnais huit cents, moi... Et, avec cette somme-là, elle se plaignait d'aller « *toute nue* ». C'était son expression... A quoi je répondais invariablement : « Va toute nue, c'est un essai à tenter, une mode à faire revenir... Va toute nue, ma bonne ; si les sergents de ville ferment les yeux, je te réponds que les passants ouvriront les leurs tout grands, car la vue en vaut la peine. » C'était un compliment... mérité, très mérité, je l'avoue... mais à ce compliment je n'ajoutais pas un sou en plus des huit cents francs pour la toilette.

Second, *l'œil vif.* — Compliment très mérité, avez-vous dit? Alors vous corroborez par une affirmation les renseignements louangeurs, en tant que plastique, qui m'ont été déjà fournis par la couturière de votre ex-épouse.

Premier. — La vérité est qu'elle emplit *sincèrement* ses toilettes... Tout est bien à elle.

Second. — « Faite au tour! » m'a dit la couturière, qui a même ajouté en me vantant les rondeurs du buste : « Comme à seize ans!! »

Premier. — C'est l'exacte vérité... Vous épouserez Vénus en personne.

Second, *avec une hésitation pleine d'une sincère curiosité.* — Vénus... callipyge???

Premier. — Ah! je vous y pince! Vous voyez bien que vous êtes friand de détails.

Second. — Mais non. Seulement, puisque je fais tant que de prendre des informations, vous comprenez qu'il vaut mieux que je sache tout de suite à quoi m'en tenir.

Premier. — Soit! Eh bien! sur le point en question, vous aurez de quoi en tenir.

Second, *dont le regard, après avoir étincelé de satisfaction, est devenu inquiet.* — Une Vénus... mais Vénus fidèle, n'est-ce pas?.

Premier. — Oh! oui, fidèle... Trop!!

Second. — Comment ! trop ?

Premier. — Oui, d'une fidélité abusive.

Second, *ravi*. — Mais je ne vois pas là matière à reproche... bien au contraire !

Premier. — Ta, ta, ta... Vous, c'est possible... mais moi dont le médecin ne cesse de me répéter en secouant la tête : « Méfiez-vous de votre gravelle ! Ménagez-la ! Soyez d'une extrême prudence !... » Hein ! mettez-vous à ma place. Vous comprenez comme on se trouve embarrassé entre un docteur qui vous récite cela et une femme qui vous répète à toute heure : « Nicolas, tu ne m'aimes plus ; je le vois bien ! » et patati, et patata, enfin tout ce que peut dire une femme, au sang espagnol, qui ne se rend pas du tout compte de ce qu'est la gravelle... Et quand je retourne au docteur, il se remet à branler la tête en ajoutant : « Pour votre santé, j'aimerais mieux vous savoir enfermé dans l'observatoire du Pic du Midi, enseveli sous la neige, avec le général Nansouty. » Hein ! qu'est-ce que vous dites de cela ?... Avez-vous la gravelle, vous ?

Second, *avec fierté*. — Non... et moi, je suis de Marseille ! ! ! Tellement de Marseille que mon docteur me répète sans cesse : « Si vous tenez à rester garçon... Éteignez-vous ferme... Manger des truffes

serait, pour vous, jeter de l'huile sur du feu.:. Oui,
éteignez-vous, ne vous nourrissez que de veau et
que l'orgeat soit votre unique boison! »

PREMIER. — Je m'en réjouis d'avance pour cette
chère Aglaé.

SECOND. — Alors c'est sur le point en question
que s'est basée la demande en séparation?

PREMIER. — Non, nous avons obtenu la séparation pour voie de fait.

SECOND. — Oh! oh!

PREMIER. — Vous avez tort de vous indigner,
puisque cette voie de fait va, si le divorce est voté,
faire trois heureux : Moi, qui pourrai enfin compter avec ma gravelle; Aglaé, qui aura son Marseillais, et vous, enfin, qui serez délivré de la né-
cessité de boire de l'orgeat et de manger du veau.

SECOND. — Est-il indiscret de demander à la
suite de quel événement est venue ladite voie de
fait?

PREMIER. — Oh! bien simplement, allez! Apprenez que mon... c'est-à-dire : notre... ou mieux
encore : votre Aglaé est d'un têtu à rendre des
points à six mulets. Quand quelque chose s'est logé
en sa cervelle, impossible de l'en faire sortir...
surtout si c'est une énorme bêtise, car je dois vous
avouer (pour récompenser votre franchise à pro-

pos de la cuisinière) que notre excellente Aglaé ne
brille pas par une de ces intelligences d'élite
qui font qu'à l'être qui en est doué on confie les
destinées d'un grand peuple... Aglaé saura se
tirer d'un haricot de mouton. Au besoin elle gé-
rerait passablement un bureau de tabac. Mais,
par exemple, à vouloir lui confier l'empire de
Russie (surtout en ce moment), il y aurait vraiment grave imprudence.

Second. — Venez à la voie de fait.

Premier. — J'y arrive. Je tenais d'abord à vous
fixer sur le moral d'Aglaé avec cette franchise dont
j'ai fait preuve à propos des agréments physiques.
Donc, têtue et bornée, c'est convenu, n'est-ce pas ?
— Sur ce, je vous dirai donc que ma femme était
allée à je ne sais plus quelle soirée-concert dont
elle revint enthousiasmée, surtout par cette romance dont le refrain est :

> A voltiger, vous fatiguez vos ailes,
> Rien n'est si beau que votre liberté.

Paroles adressées par un prisonnier à des hirondelles qu'il regarde voler devant les barreaux de
la fenêtre de son cachot.

— Ecoute un peu comme c'est touchant, me dit
notre Aglaé.

Et aussitôt, avec d'autant plus d'âme qu'elle.
pondait une absurdité, la voilà qui se met à me
roucouler :

A voltiger, vous fatiguez vos *aigles*.
Rien n'est si beau que votre *Élie Berthet*.

Je vous laisse à deviner si j'ai ri en entendant
cette variante, ce qui a remué la bile d'Aglaé. Puis,
comme je lui indiquais le véritable texte, elle s'est
rebiffée en grognant :

— Je ne suis pas sourde, j'imagine. Je le répète
comme je l'ai entendu chanter.

— Alors, ma biche, tu as mal entendu... ou mal
compris.

— Autant dire tout de suite que je suis idiote !

Et, la moutarde lui montant au nez à me voir
toujours rire, v'lan ! elle m'administre un soufflet ! ! !

A ce moment précis entrait mon huissier, pour
me demander l'adresse d'un de mes débiteurs que
je l'avais chargé de poursuivre. J'avais à peine reçu
l'atout que la Providence, dans sa miséricordieuse
bonté, m'a fait aussitôt souvenir de ma gravelle et
m'a montré le salut. J'ai donc saisi la balle au bond.

7

— Vous arrivez à propos! Dressez un procès-verbal de ce soufflet, ai-je crié à l'huissier.

C'est ainsi que j'ai obtenu la séparation pour voie de fait. (*Reprenant le ton grave.*) Avez-vous d'autres renseignements à me demander?

Second. — Non, cher monsieur, ceux-ci me suffisent... Je vous devrai le bonheur de ma vie!!!

Premier. — Vous épouserez alors?

Second. — Non, j'aime mieux retourner au veau et à l'orgeat.

4° DANS LE GROUPE POLITIQUE

La légende du ministre qui avait de bonnes intentions.

Arrivé à pas de loup près du groupe
de notoriétés politiques, M. Duflost,

qui se tient au dernier rang, prête une
oreille à l'entretien de ces célébrités
de la tribune et, au lieu d'entendre
faire le pompeux éloge de sa réception, il ne récolte que ceci :

UN DÉPUTÉ. — Enfin, espérons que, maintenant,
tout va marcher au mieux, car nous voici avec
un nouveau ministre ! ! !

UN SÉNATEUR, *d'un ton de doute.* — Euh ! Euh !
croyez-vous ?

LE DÉPUTÉ. — Oui, car celui-ci est un homme
neuf au pouvoir et qui, dit-on, est animé des
meilleures intentions de tout réformer.

LE SÉNATEUR, *toujours sceptique.* — Euh ! Euh !
J'ai déjà tant vu se succéder de ministres qui
avaient de bonnes intentions ! ! ! Tenez, un entre autres dont je vais vous conter l'histoire. — Je le
nommerai simplement « *il* » par considération
pour sa pauvre famille qui en a eu tant de chagrin qu'elle s'est retirée à Bondy.

Donc *il* venait d'être nommé, et *il* s'en allait à
son ministère, plein d'une noble ardeur, chaud de
bonnes intentions et se disant : « Je veux tout boul-
verser, changer, modifier, économiser. Je veux
qu'à me voir à l'œuvre, on s'écrie : « AH ! VOICI

AU MOINS UN HOMME TOUT NEUF QUI NE FAIT PAS COMME LES AUTRES!!!»

*
* *

Ce disant, *il* arrive à l'hôtel de son ministère, dont *il* ne connaît pas le plus mince escalier ni le plus petit couloir.

— Hé! l'homme! où allez-vous donc? On ne chante pas dans la cour, lui crie le concierge.

— Je suis le ministre, répondit-*il* fièrement sans même se retourner.

— Tiens, c'est le *nouveau!* dit le portier à sa femme sans plus s'inquiéter, car il sait ce qui va arriver.

Effectivement, après s'être perdu dans les couloirs et les escaliers, *il* redescend au bout d'un quart d'heure à la loge :

— Pardon, je me suis égaré, je ne puis parvenir à trouver mon cabinet.

— Ah! bon, connu! Le petit va vous conduire. Dodophe, viens ici. Tu vas vite mener monsieur le ministre à Thomas et tu le lui recommanderas bien de ma part.

*
* *

Thomas est le doyen des garçons de bureau.

Pour lui, l'hôtel du ministère n'est plus qu'un simple *hôtel garni*. Il a vu passer bien des locataires, dont quelques-uns n'ont fait que *loger à la nuit*.

Thomas reçoit le ministre des mains de Dodophe et le déballe :

— Ah! j'attendais monsieur plus tôt. L'autre *voyageur* est parti d'hier et j'ai eu le temps de donner de l'air à la chambre. Voici le bureau de monsieur, le crachoir est à droite. Si monsieur désire un rond de siège, j'enverrai au garde-meuble.

Le ministre, qui ignore toutes les petites habitudes et les infimes détails du métier, écoute Thomas et veut l'interroger adroitement.

— Il y a longtemps que vous êtes employé dans ce ministère?

— Il y a cent soixante-deux ministres... environ trente-huit ans. Ah! j'ai vu déjà passer pas mal de *baigneurs!* Est-ce que monsieur vient pour l'estomac ou pour la poitrine? J'ai connu beaucoup de ces messieurs qui, après avoir fait ici une ou deux *saisons*, s'en allaient plus tranquilles finir leur leur traitement au Sénat.

*
* *

Après avoir écouté, *il* songe enfin à faire acte d'autorité.

— Recevez mes ordres, dit-*il*.

Mais Thomas, dans son empressement, devance les ordres qu'on lui annonce :

— Votre Excellence lira sans doute ses journaux à sept heures du matin... comme faisaient tous ces autres messieurs pour se tenir au courant dès l'aurore.

— Oui, c'est une idée. Soit ! mes journaux le matin... A neuf heures, vous m'apporterez la feuille de présence du personnel.

— Pardon, Excellence. A neuf heures, Votre Excellence préférera sans doute travailler avec son secrétaire général... pour préparer le portefeuille... en cas de conseil.

— C'est juste. Demain, vous porterez l'ordre d'une convocation à tous les chefs du ministère.

— Pardon, Excellence. Demain jeudi est le jour de réception pour les préfets. C'est l'habitude ; ils viennent de loin, on ne peut les refuser.

— Très juste. Alors la convocation aura lieu après-demain sans faute.

— Non, non, pardon encore. Après-demain, Votre Excellence devra s'occuper des « communiqués » ou des procès à faire aux journaux. C'est une habitude prise.

— Mais j'entends accorder à la presse la plus

extrême liberté! s'écrie avec une parfaite sincérité le nouveau venu.

— Oui, oui, je sais... MM. un tel et un tel étaient dans des dispositions pareilles... A l'un, la maladie a passé parce qu'un journal a affirmé qu'il avait les genoux cagneux... Quant à l'autre, il est devenu d'une implacable sévérité pour les journaux quand il a vu qu'ils ne parlaient jamais de lui... Ainsi, nous disons donc que le vendredi appartiendra aux procès de presse.

— Soit ! Alors la convocation sera pour samedi sans rémission.

— Pardon. Le samedi est toujours pris par les préparatifs de la soirée officielle... les invitations à expédier... les musiciens, les rafraîchissements à se procurer... etc..., car j'ose croire que Votre Excellence daignera recevoir.

— Oui, quelques soirées dansantes.

— Pardon, je ne me permettrai pas de donner un conseil à Votre Excellence, mais j'inclinerais plutôt pour des dîners... Je ne suis pas ennemi d'une petite sauterie de temps à autre... mais, voyez-vous, à table, on se sent mieux les coudes avec les diplomates étrangers, qui tous, tous, Votre Excellence m'entend bien, apprécient fort la cuisine française... Pas mal de poivre, cela fait boire, et un homme qui a bu, il est facile... que Votre Excellence me permette le mot, qui rend bien ma pensée... il est facile de vidanger ce qu'il a au fin fond de l'âme.

— Oui, c'est adroit. Alors, je donnerai des dîners.

* *
*

En se voyant quatre jours d'occupations sur la planche, *il* suspend pour l'instant ses projets d'innovations. Il comprend que, dans cette situation neuve pour lui, il lui faut d'abord le temps de prendre l'air du bureau.

Après avoir ainsi imposé ses volontés au patron, Thomas demande effrontément :

— Votre Excellence n'a plus d'autre ordre à me donner ?

— Non, allez et obéissez !

Thomas se retire. A la porte du cabinet, il rencontre les hauts employés du ministère.

— Où allez-vous donc ?

— Nous venons connaître les décisions du *nouveau*. Il paraît qu'il a des projets énormes.

— Ta, ta, ta, réplique Thomas, ne vous inquiétez de rien... je m'en charge... j'ai bien stylé ceux de Louis-Philippe, de la République, de l'empire...

celui-ci ne pèsera pas une once. Continuez votre
petit train-train habituel... J'ai arrangé tout... cela
marchera absolument comme du temps d'Alfred.

(Alfred est le dernier ministre qui a reçu son
compte.)

Peu à peu, pris, engrené, roulé par le terrible
garçon de bureau, *le nouveau*, malgré son désir de
créer du neuf, finit par se soumettre et se laisser
prendre par l'habitude.

Pourtant, ce n'est pas sans se débattre.

Un jour, *il* veut enfin faire acte d'*initiative* et
laisser une trace de son passage au ministère.

— Thomas! crie-t-il furieux.

— Excellence?

7.

— Où met-on, ici, la clef des cabinets d'ai-
sance???

— Depuis le ministère de M. de Colbert, elle
s'accroche dans l'antichambre.

— JE VEUX, J'ENTENDS, JE PRÉTENDS qu'à
l'avenir elle soit toujours pendue à la gauche de
ma glace !!!

Ce fût le seul acte un peu personnel de son ministère, *son cachet!*

En fait de changements dans l'ordre des choses,
il ne fit que celui-là !!!

Pour le reste, *il* fit identiquement comme les autres, au grand étonnement du pays, qui attendait
toujours du neuf de la part de celui qui AVAIT TANT
DE BONNES INTENTIONS.

Ce récit est suivi d'un petit silence
bientôt interrompu par un vieux
monsieur qui prononce d'une voix
excessivement sévère :

— Mieux vaut encore changer la clef des com-
modités de place que de changer le gouvernement
de mains comme ont tenté de le faire certains ministres qui voulaient passer la France à M. de
Chambord.

UN AUTRE MONSIEUR. — Lequel a refusé le cadeau parce qu'il lui aurait fallu aussi accepter le drapeau tricolore... Il tenait à garder son drapeau blanc, sa marque de fabrique.

LE PREMIER MONSIEUR, *avec ironie*. — De quoi ? son drapeau blanc !... il a belle mine à ne pas vouloir du drapeau tricolore ! Est-ce qu'il ignore que la maison des Bourbons a arboré le drapeau tricolore certain jour où j'ai bien ri, je le jure !

TOUT LE GROUPE, *curieusement*. Contez ! Contez !

L'OIGNON DE LA FRANCE

Le monsieur commence :

— Les Bourbons, qui venaient de rentrer aux Tuileries, eurent un beau matin l'idée malencontreuse de passer une revue de la garde nationale.

En ce temps-là, comme on l'a dit aussi d'elle plus tard, la garde nationale se divisait en deux partis. L'un qui attaquait l'ordre; l'autre qui n'osait pas le défendre... ce qui avait valu à ce dernier parti d'être appelé la *portion saine* de là bourgeoisie.

Ce fut donc pour donner un plus robuste élan à ce fanatisme de la portion saine que le gouvernement décida qu'il fallait passer une revue des douze légions de la garde nationale, auxquelles il serait fait une distribution de drapeaux.

De même qu'aujourd'hui, pour rendre un programme plus alléchant, on annonce une nouvelle romance chantée par Judic, il fut alors corné partout que madame d'Angoulême attacherait à chaque drapeau une cravate *brodée de ses mains.*

C'est bien à tort qu'on a accusé les Bourbons d'être restés stationnaires sur la voie du progrès, car, en cette occasion, pour bien prouver qu'ils avaient souci de sortir de la routine, ils confièrent la confection de ces drapeaux... à un ébéniste. Disons que ce fabricant était Jacob, dont le nom est encore aujourd'hui célèbre parmi les amateurs de meubles bien faits.

Ce ne fut que la veille de la revue, fort tard dans

la soirée, qu'il fut possible à Jacob de livrer sa commande au général Dessoles, commis pour la recevoir. Les armes de France s'étalaient au milieu du drapeau blanc, dont chaque angle portait, brodé en soie blanche, le vaisseau de la ville de Paris sur champ de gueules.

— S. n. d. D. ! s'écria tout à coup le général Dessoles (qui était un fort jureur devant l'Éternel), s. n. d. D! vous avez fait de la bouillie pour les chats, mon cher Jacob. Nous ne pouvons pas utiliser ces drapeaux-là.

— Pourquoi ?

— Parce qu'ils sont tricolores !!! Le champ de gueules fournit le rouge, les armes de France donnent le bleu et le fond du drapeau est blanc !

Et le général se mit à pousser une suite de s. n. d. D. ! vraiment désespérés, qu'il entrecoupait de cette phrase :

— Je vous laisse vos drapeaux sur les reins. Je ne puis accepter une marchandise tricolore !

Rien n'aiguise plus l'intelligence d'un ébéniste que le désagrément de se voir refuser une commande. Aussi, Jacob ne tarda-t-il pas à dire :

— Savez-vous ce qu'il faut faire ?

— Non, parlez.

— Proposez demain matin à madame la duchesse d'Angoulême de faire une répétition de l'attache des cravates. Si elle ne s'aperçoit pas de la bévue, nous sommes sauvés.

(Inutile d'ajouter que Jacob avait aussi fourni les douze cravates censément brodées par d'illustres mains.)

— S. n. d. D. ! ça va ! dit le général Dessoles, qui était bon diable.

Le lendemain, la répétition eut lieu. M. d'Artois devait passer un à un les drapeaux au roi, qui avait à en abaisser le fer devant la duchesse pour qu'elle y nouât la cravate.

Malheureusement, Stanislas-Xavier ne put assister à la répétition. Il était en train de se faire panser les varices de ses jambes pour qu'elles ne le fissent pas trop souffrir à la revue, et, dame ! comme ses jambes étaient fabuleusement énormes, son chirurgien, le père Elysée, qui devait en faire le tour, avait à exécuter presque un voyage pour contourner ces tibias royaux qui, disait une chanson alors en vogue, faisaient le désespoir jaloux de l'éléphant.

Donc, ce fut le général Dessoles qui remplaça le

roi dans cette répétition, où madame d'Angoulême
ne remarqua rien des trois couleurs.

Pendant qu'on pansait les augustes varices, les
portions saine et *malsaine*, en pantalon blanc, ali-
gnaient leurs douze légions sur le Champ de Mars
devant l'estrade sur laquelle allait s'installer une
partie de la famille royale, car MM. d'Artois et de
Berry devaient rester à cheval.

Enfin l'heure de la fête des yeux sonna pour les
douze légions, qui purent contempler, arrivant
dans une calèche, le roi, le duc et la duchesse
d'Angoulême.

On en avait tant dit sur les horribles privations
endurées par le roi dans son exil que les gardes
nationaux, en voyant passer ce souverain qui pe-
sait ses 327 livres sans son sceptre et sa couronne,
se demandaient tout attendris :

— Que serait-ce donc s'il n'avait pas tant souf-
fert ?

Puis, en pensant aux douze côtelettes quoti-
diennes que le roi absorbait, chaque matin, à son
déjeuner, les légions se répétaient de rang en rang :

— Il se rattrape !!!

Pâle de teint, blonde de cheveux, qui pendaient

en anglaises, habillée de blanc, coiffée d'un chapeau blanc orné de marabouts blancs, telle était madame d'Angoulême. Un petit vent frais, qui soufflait ce jour-là, donnait, en soulevant toute cette toilette blanche, un certain air de crème fouettée à celle dont, plus tard, on devait dire qu'elle était le seul homme de la famille.

A cette époque, M. de Berry n'était pas marié, et son frère aîné ne lui avait pas encore cédé ses droits à la couronne qui l'attendait, quand, après la mort de Stanislas-Xavier et celle de M. d'Artois, il aurait la signature de la maison Bourbon and Cⁱᵉ. C'était donc de M. d'Angoulême que devait sortir la touffe de lis que l'avenir réservait au trône... Il était en un mot l'oignon des lis... Que dis-je? l'oignon de la France!!

C'était aussi une nature loyale, confiante, et sachant faire à la loyauté des autres toutes les concessions que lui dictait une exquise politesse. Témoin cette scène où quelqu'un, à bout d'arguments, pour lui prouver que deux lignes parallèles ne se rencontrent pas, finit par s'écrier :

— Monseigneur, je vous donne ma parole de gentilhomme qu'elles ne se rencontrent pas.

— Ah! si vous me donnez votre parole! dit noblement M. d'Angoulême, qui n'insista plus.

Au fond, le duc resta fermement convaincu que deux parallèles, infiniment prolongées, arriveraient à se rencontrer ; mais, par politesse pour la parole qui lui avait été donnée, il ne revint pas sur ce sujet.

A ce noble caractère, M. d'Angoulême joignait deux manies : celle d'avoir toujours des bottes à l'écuyère et celle, à peine assis, de se frotter les genoux avec les mains. Jusque-là, il n'y avait pas grand mal ; mais bientôt les mains, contournant les genoux, passaient aux jarrets, puis, se glissant dans les bottes, allaient gratter les mollets avec un acharnement qui prouvait que le propriétaire de ces mollets y trouvait un plaisir extrême.

Cela posé, revenons à la revue.

La calèche qui voiturait le sang d'Henri IV étant arrivée devant l'estrade, le roi, madame d'Angoulême et son époux y montèrent. Les douze porteurs de drapeaux se rangèrent aussitôt en bas de la tribune, attendant que M. d'Artois vint, à cheval, prendre un à un ces drapeaux pour les remettre au roi, qui les présenterait à madame d'Angoulême.

Quant à M. d'Angoulême, il n'avait qu'à regarder faire tout en se grattant les mollets.

Douze drapeaux, douze côtelettes..... Il semble, de prime-abord, que ce rapprochement offre un peu d'analogie, d'autant mieux que drapeau et côtelette se prennent pareillement par le manche.

Par malheur, si Stanislas-Xavier possédait un solide estomac, son poignet n'avait pas la même vigueur.

Il arriva donc que le roi, qui, le matin, n'avait pas assisté à la répétition, fut surpris par le poids du drapeau, et, la force lui manquant, au lieu de présenter le fer à la hauteur des mains de madame d'Angoulême, il le laissa si bas s'incliner que la duchesse fut forcée de se baisser pour attacher la cravate.

Nous l'avons dit, il faisait ce jour-là un petit vent frais qui, profitant de la position de madame d'Angoulême, se mit à s'engouffrer sous les jupes avec une indiscrétion telle que les douze légions curieuses étaient à deux doigts de savoir, ce qu'on leur affirma plus tard, si elle était vraiment le seul homme de la famille.

Dans ce désordre, la duchesse ne pensa pas à lâcher sa cravate, et Stanislas-Xavier se cramponnait à son manche de drapeau qu'il n'osait laisser choir dans la poussière.

Seul, M. d'Angoulême pouvait comprimer d'un bras agile tous ces voiles soulevés.

Il se leva donc vivement.

Mais, à la minute de l'accident, ses deux mains, glissées dans ses bottes, étaient en train de se gratter les mollets. Il survint donc que, quand le maître des mollets se redressa subitement, les bottes, se resserrant sur les jambes, gardèrent les deux mains prises comme dans un étau.

Au lieu de se rasseoir, ce qui aurait facilité le jeu des bottes, M. d'Angoulême voulut employer la violence, et, le derrière plus haut que la tête, il se livra à des efforts qui se traduisaient en petits sauts sur l'estrade. Respect que je dois à cet auguste personnage historique mis de côté, il avait l'air d'avoir pris un lavement trop chaud.

Dans une féerie, à la Porte-Saint-Martin, cet exercice, qui imitait assez bien le jeu de la grenouille, aurait déjà obtenu un fort joli succès. On juge de celui qu'il eut parmi les douze légions émerveillées en voyant ainsi sautiller l'oignon de la France.

Quand M. d'Angoulême, qui avait enfin eu l'idée de se rasseoir. put retrouver la libre disposition de ses mains, le vent devenu subitement discret, avait renoncé à offrir un spectacle auquel, il n'en faut pas douter, les douze légions auraient présenté les armes.

Et voilà, avec tous les détails, comment les Bourbons déployèrent un jour le drapeau tricolore (*).

Après ce récit, M. Duflost, tout désappointé, se prépare à poursuivre, dans d'autres groupes, sa chasse aux félicitations sur son bal, quand il est abordé par un de ses domestiques qui lui murmure :

— Il est deux heures et l'illustre savant du Paraguay n'est pas encore arrivé. Madame m'envoie vous demander comment elle doit faire prendre patience à son monde.

A quoi, M. Duflost, qui est la prudence même, répond avec un sourire de triomphe :

— J'avais prévu le cas ! Aussi ai-je engagé ce joyeux artiste de la Comédie-

---

(*) Le fait est complètement historique.

L'Editeur.

Française, si plein de verve et d'entrain en ses burlesques récits. Dites à ma femme de le lâcher à nos invités. Il leur débitera quelqu'une de ses désopilantes fantaisies.

Et bientôt on entend la voix mordante de l'incomparable comédien récitant ce que M. Duflost appelle une désopilante fantaisie.

Tout le monde fait cercle autour de l'artiste en s'apprêtant à rire.

Cette fantaisie a pour titre :

LE CHEMIN DE LA VIE

On a résumé la vie en ces deux mots : *acquérir et conserver*. — Besoin d'avoir, d'abord ; — crainte

de perdre, ensuite. Mais dans cette course désor-
donnée à la poursuite de tout ce clinquant dont
nous habillons notre prétendu bonheur, il est une
jouissance, — l'unique qui ne nous coûte rien,
car c'est un don de la nature, — que nous négli-
geons complètement. Elle seule pouvait donner
quelque solidité à ces frêles constructions sur les-
quelles nous bâtissons l'avenir ; elle seule devait
nous permettre de jouir plus tard... et nous n'en
avons eu nul souci !!

C'est la SANTÉ.

Aussi, quand la santé, épuisée de ressources, nous
fait tout à coup faillite, et que la mort se présente
en créancière, nous demandons un concordat.

Avant de crier à l'injustice, examinons plutôt
notre voyage à travers la vie, et nous n'accuserons
que nous-mêmes.

Tu es né, tu dois mourir ; la naissance est le
germe de ta mort. A peine né, tu serais aussitôt
sa proie si un défenseur ne venait s'interposer.

C'est la Santé !

D'un vigoureux effort, elle repousse la Mort et
prend sa place. Soutenu par elle, tu entres alors
dans la vie.

Aux premiers pas, il est beau, facile et large,

ce chemin de la vie que bordent toutes les douces joies de l'enfance ! Le voyage sera-t-il long ? Heureusement pour toi, tu l'ignores. Tu ne saurais compter le nombre d'étapes à faire sur cette route dont l'horizon est voilé par ce brouillard mystérieux et insaisissable qui reculera toujours devant toi, et qu'on nomme l'*Avenir*.

L'Espérance sonne le départ de ce voyage sans retour. Marche ! marche devant toi ; avance toujours et quand même, car tout pas en arrière est impossible sur cette voie.

En route !

Ton premier pas est soutenu par ces deux meilleurs amis que te donnera jamais la Providence : un Père et une Mère.

La Santé est derrière toi qui te réchauffe de son haleine.

La Mort est là-bas, bien loin, bien loin... mais elle te suit.

Chanson aux lèvres, aimant, aimé, tu trottines gaiement. — Pendant une seconde, tu es seul !... la Mort, toujours au guet, s'élance d'un bond sur sa proie et l'enlace de la terrible étreinte des maladies de l'enfance ; mais la Santé, qui combat, te dégage, et la Mort, vaincue, mais non découragée, s'éloigne et va reprendre sa place... elle suit toujours.

Cette alarme a redoublé la vigilance de tes protecteurs. Que de soins, de tendresses et d'amour vont entourer ta marche vers tes vingt ans ! Ton pas est devenu plus pressé, ta marche fiévreuse. Tes instincts, qui se développent, esquissent déjà ton futur caractère... l'enfant est le père de l'homme !... — A tes vingt ans, la Mort tente de nouveau la lutte, et, fort par la Santé, tu la terrasses. Dans la joie du triomphe, tu braves ton ennemie. « Vois ceci, vois cela ! » lui dis-tu tout fier en faisant saillir tes biceps, en développant ton torse robuste. — Avec son plus méchant sourire, elle te répond : « Ce que je n'abats pas, je le mine. » Tu la crois partie ? prends garde !... elle est toujours là-bas qui te suit.

(Signes de torpeur dans l'assistance émue par cette désopilante fantaisie.)

A peine délivré, tu deviens ingrat pour ton alliée fidèle; ses conseils t'irritent; sa protection te paraît être un joug. Les Plaisirs, qui sont venus t'entourer, finissent par t'entraîner rapidement sur cette route que tu devais suivre à petits pas. Tu dévores la vie à belles dents.

— Jouis modérément, tu n'auras pas deux étés
e crie la Santé.

— Silence, radoteuse, et marche.

Tu gaspillais, bientôt tu abuses. Tu allumes ta
lampe en plein midi, et quand, à la halte du soir,
la Santé te dit :

— Reposons-nous.

Tu réponds :

— Je suis jeune et fort, je veux faire des étapes
nocturnes.

— Mais je me fatigue.

— Marche sans cesse.

La Santé ralentit le pas. Elle est toujours derrière toi, mais non plus sur tes talons. Maintenant
un court espace vous sépare, qui s'allongera tous
les jours : c'est ton passé qui commence. — Encore si proche, la voix de ta protectrice est toujours pour toi forte et vibrante en ses conseils.

— Quelle est cette belle fille, fraîche et grasse,
à l'œil langoureux, qui m'appelle à ses côtés ?

— Prends garde ! la créature est appétissante ;
mais ses beaux bras, aux énervantes caresses,
sont d'acier. Elle a étranglé ses plus fidèles amants.
C'est la Paresse ! ! !

*(Petits bâillements de l'auditoire captivé par cette fantaisie
de plus en plus désopilante.)*

Après les plaisirs, l'Ambition arrive. Elle te
montre ce brouillard qui marche devant toi en te
barrant la route. « Là, j'ai caché honneurs, fortune
et gloire, » te dit-t-elle, — « A quoi bon? viande
creuse! » te conseille la Santé. — « Silence! »
et tu te précipites tout furieux à la conquête de
l'avenir. La Santé faiblit à cette nouvelle attaque ;
mais l'Ambition te rend insensible à la supplica-
tion de ta pauvre amie, qui te crie : « Attends-moi! »
Elle cherche à te suivre, mais en vain. La distance
entre vous s'agrandit encore. La Mort, qui marche
d'un pas égal et ferme, gagne alors du terrain.

Tout à coup, tu trébuches en ta course ; deux
appuis viennent à te manquer. Vaincus par l'âge,
ton Père et ta Mère te laissent à mi-chemin. —
Allons, marche ta vie ! En restant seul, tu as fini
de devenir homme et les mauvais instincts t'attendent en cortège. — L'ambition te pousse toujours sur cette route devenue plus pénible. Aux
ronces et aux épines qui la bordent, tu as laissé
par lambeaux les candeurs et les croyances d'hier...
Tu as oublié la Santé, ton dernier soutien ! il ne
t'est plus possible d'entendre sa voix, car elle est
bien loin de toi, et la Mort, qui marche toujours,
a rejoint la retardataire fatiguée. Elles sont sur la
même ligne, côte à côte ! ! ! La Santé épuise ses

dernières forces à arrêter ton ennemie pour la
levancer encore ; hélas ! tes pauvres vingt ans
sont bien loin !... la lutte est courte ; la Mort prend
le pas et continue sa marche assurée ; la Santé
veut regagner l'espace ; mais elle trébuche et
tombe en te jetant son dernier cri d'alarme, que
tu ne peux entendre, car l'Envie, l'Ambition, la
Convoitise te rendent sourd.

Tu as voulu gloire, fortune, puissance, honneurs !
tous ces hochets sont à peine dans tes mains toujours tendues que tu t'en rassasies au plus vite
pour les jeter derrière toi ; ils vont tomber dans
ton passé qui s'allonge et, changeant de nom, ils
s'appellent : « Déceptions et souvenirs ! » — Ne
tourne pas la tête, car leur foule est compacte et
ne te permettra pas de voir l'ennemie acharnée
qui arrive ni l'amie épuisée que tu délaisses.

*(Les nombreux ronflements de l'auditoire encouragent la verve
et l'entrain du joyeux narrateur.)*

La route a pris un nouvel aspect. Elle est triste,
sèche, et sa montée semble plus ardue à ton pas
alourdi. Autour de toi rôdent de sinistres compa-
gnons. « Qui êtes-vous ? — Nous sommes la Douleur ! le Dégoût ! l'Epuisement ! » — Tu veux

douter ; mais ta main qui tremble, ton échine qu
s'est courbée, tes genoux qui faiblissent plaident
contre toi.

— Mais j'avais vingt-ans hier ! ! ! t'écries-tu, surpris.

— Hier, dis-tu ? alors compte.

Et devant ton souvenir étonné viennent défiler
les années par toi si vite usées : les unes vides ou
gaies, les autres semées d'orages ou de douleurs,
mais toutes avec une date joyeuse ou triste pour
préciser le temps qui a fui.

Alors la précoce Vieillesse, de son souffle glacé,
courbe ta tête pour que ta vue affaiblie puisse voir
de plus près cette terre qui t'a nourri et qui doit
bientôt te redemander cette part d'argile qu'elle
t'avait jadis prêtée. Tu es vieux avant l'âge ! c'est-
à-dire morose, quinteux, chagrin, et tu bouches
tes oreilles aux cris des jeunes gens.

L'égoïsme a ses espérances. Tu comptes être oublié par le sort, et tu veux continuer ta route en
t'attachant toujours à cet avenir auquel tu demandes sans cesse. La seule chose qui te restait à obtenir, il te la donne en riant : — Tiens, prends-la :
c'est l'Expérience ! — Tu t'en saisis avidement pour

en faire bêtement trophée, faute de mieux ; c'est un avantage dont tu fatigues plus jeune que toi. — En jouiras-tu longtemps ? Non. A ton nouveau pas vers l'avenir, il disparaît. Le brouillard, qui te cachait la route, se dissipe tout à coup en te laissant voir une fosse béante à tes pieds.

Alors une main glacée se place sur ton épaule.

Tu te retournes en frissonnant.

C'est la Mort qui t'a rejoint.

Ta vie est mangée ! ! !

A la fin de ce récit, les auditeurs sont plongés dans une douce somnolence dont, tout à coup, ils sont arrachés par un formidable roulement de tambours qui annonce la représentation du proverbe dramatique.

Cette idée est de madame Duflost. Elle a jugé que l'ouverture à son de caisse était d'à-propos pour ce proverbe qui est une pièce militaire. Elle a donc commandé un quarteron de tapins, en profitant de l'occasion que les tambours sont à très bon marché depuis qu'ils ont été mis sur le

8

pavé par le ministre de la guerre, sous prétexte de *faire rentrer des hommes dans les rangs* :

(*Nota.* — Bien drôle cette idée de faire rentrer des hommes dans les rangs en remplaçant les tambours par des clairons, attendu que, des poumons se fatigant deux fois plus vite que des bras, on a fait *rentrer* un tambour pour faire *sortir* deux clairons.)

A ce vacarme des tambours, chacun a bondi dans le salon voisin où doit avoir lieu la représentation.

LE PROVERBE DRAMATIQUE

A BON CHAT BON RAT

Scène de la vie militaire en trois actes et en vers,

ACTE PREMIER

Le Conseil de Guerre

LE PRÉSIDENT.

Tous les débats sont clos : En vertu de la loi,
Que fit dans notre camp publier un bon roi,
A la peine de mort nous condamnons cet homme
Surpris, pendant la nuit, dérobant une pomme.

ACTE DEUXIÈME

La Prison

LE DIRECTEUR DE LA PRISON, LE CONDAMNE

LE DIRECTEUR, *ému.*

Ami, l'heure n'est plus de chanter la ballade,
Il vous faut, ce matin, gober la régalade

De douze balles qui, vous perforant le torse,
Vous mettront pour jamais à l'abri d'une entorse.
Emboîtez-moi le pas.

LE CONDAMNÉ, stoïque.

Je m'en fiche pas mal !

(Se ravisant.)

Je voudrais cependant parler au général.

ACTE TROISIÈME

L'Esplanade

LE GÉNÉRAL, LE CONDAMNÉ, LE PELOTON D'EXÉCUTION.

LE GÉNÉRAL.

Tu voulais me parler, je suis venu. J'écoute.

LE CONDAMNÉ.

Le désir d'un mourant est-il sacré?

LE GÉNÉRAL.

Sans doute.

Voudrais-tu m'exprimer quelque dernier souhait
Je le jure, toi mort, par moi ce sera fait.

LE CONDAMNÉ, vivement.

Vous me l'avez juré !

LE GÉNÉRAL.

Et je te le rejure.

LE CONDAMNÉ.

Et bien, après ma mort, avant la sépulture

J'exige que, devant tout notre régiment,
Trois fois vous embrassiez...

LE GÉNÉRAL.

Ton front?

LE CONDAMNÉ.

Non, mon séant!

LE GÉNÉRAL, *abasourdi.*

Je ne puis!

LE CONDAMNÉ.

Ce serment!

LE GÉNÉRAL.

Mon serment, je l'oublie.

LE CONDAMNÉ.

Songez au déshonneur ternissant votre vie!

LE GÉNÉRAL, *atterré.*

J'ai juré! j'ai juré! je dois m'exécuter.
Mais ce dernier désir a droit de m'épater.
  (Au condamné.)
Mon serment et ton vœu pour moi sont une impasse.
Comme il faut en sortir, soldat, je te fais grâce.

LE PELOTON D'EXÉCUTION.

en chœur, à mi-voix.

Celui qui jure à la légère,
Tôt ou tard s'en repentira.
Car, souvent, dans plus d'une affaire,
On voit bon chat trouver bon rat.
(Feux de bengale et roulement de tambours.)

Un tonnerre d'applaudissements
ponctue la fin de cette ravissante fantaisie militaire qui, affirme-t-on, doit
être bientôt jouée à l'Odéon (1). C'est
du délire de la part des assistants,
chez les dames surtout. Quand elles
apprennent que le poète de ce chef-
d'œuvre est le célèbre Ducoudray,
elles entourent l'immortel fabuliste et
lui retirent un baba de la bouche, en
le suppliant de leur réciter une de ses
fables si remarquables.

Si modeste que soit celui que Francisque Sarcey a surnommé : LE LA
FONTAINE DU XIXᵉ SIÈCLE, force lui est,
devant un pareil fanatisme, de réciter
ce petit chef-d'œuvre.

Un bon gendarme rencontra
Une chaussette, et la montra
Au premier qui vint au passage,
Il voulait en savoir l'usage.
Quand il le sut : « Sac à papier !
L'invention est par trop sotte ! »
Dit-il, en y fourrant le pied,
Mais sans avoir ôté sa botte.

(1) Nous en félicitons sincèrement M. De la Rounat, directeur de ce théâtre. Une fois de plus, il a fait preuve de
son sentiment profond du beau.   (*Note de l'auteur.*)

MORALITÉ.

Plus d'un ignorant, ici-bas,
Rit de ce qu'il ne comprend pas.

Les dames, on le sait, sont insatiables. Bientôt une d'elles fait entendre cette demande :

— Une fable sur les femmes !

— Oui, oui, quelque chose sur nous ! réclame en chœur tout l'essaim de beautés.

Pour complaire à son gracieux auditoire féminin, Ducoudray laisse tomber de ses lèvres la perle suivante :

Un monsieur avait de l'argent,
Mais il en donna tant aux dames
Qu'il finit par être indigent.

MORALITÉ.

Mieux vaut en recevoir des femmes.

Ce qui empêche Ducoudray d'être porté en triomphe, c'est que, tout à coup, éclate ce cri poussé dans l'antichambre :

— Il arrive ! ! il arrive ! ! !

Au même moment, l'illustre savant du Paraguay fait son apparition.

Par malheur, l'idée est venue trop tard à madame Duflost, pour donner plus de solennité à cette entrée, de faire marcher, devant le phénomène de science, ses vingt-quatre tambours qui auraient battu de la caisse à tour de bras.

Il est donc précédé seulement par M. Duflost, rayonnant d'orgueil, qui, à tous les invités rangés en deux haies, répète, à mi-voix, sa phrase favorite :

— Vous allez l'entendre ! quand il parle, on se pend à ses lèvres !!!

LE CLOU DE LA SOIRÉE

D'abord profond silence produit par
une admiration anticipée. On n'entend
que le tic-tac des montres.

MADAME, *pour lancer la conversation*. — J'avoue
que j'ai assez du froid. Il me tarde d'être au printemps, qui nous rendra les hirondelles.

LE SAVANT. — Les hirondelles et les punais
belle dame.

A ces premières paroles du savant,
chacun s'empresse de se pendre à ses
lèvres. Encouragé par l'attention gé-

9

nérale, le puits de science s'adosse
à la cheminée et, après un salut aimable aux dames, il continue :

— Oui, les punaises, cette engeance qui date de
la plus haute antiquité... Ouvrez la Bible, page 319
(édition de Vaugirard-sur-Seine, 1504), chapitre VIII :
« DE NOÉ ET DE SON ARCHE AU DÉLUGE », et vous y
lirez : *Portavit unam, sed plenam, punaisiam in arca*
(Il emporta dans l'arche une seule punaise, mais
pleine). Et cette seule punaise a suffi pour faire
le malheur de l'humanité.

MONSIEUR, *bas à sa femme*. — Hein! t'avais-je
prévenu qu'on se pendait à ses lèvres.

MADAME, *captivée à l'extrême*. — Pourvu qu'il ne
meure pas avant d'avoir fini !

LE SAVANT. — On frémit d'horreur en songeant à
ce que l'unique protégée de Noé a laissé de posté-
rité, quand on lit le calcul fait par un statisticien
allemand. — Prenons un seul couple de punaises,
dit-il. Cet insecte se propage annuellement par cinq
ou six générations. La femelle pond de cinquante
à cent vingt œufs. (*Ici le savant s'arrête pour envoyer
aux dames un sourire qui semble leur dire :*) Hein! c'est
plus fort que vous! *puis il continue :* Prenons, pour

terme moyen, cinq générations par an et quatre-
vingts œufs par punaise. Le voulez-vous?

> (D'un signe de tête, toute l'assis-
> tance, fascinée par tant d'érudition, in-
> dique qu'elle accepte la moyenne de
> 80 œufs par punaise.)

LE SAVANT, *fort du consentement général.* — La seconde génération donnera 40 fois 80, nombre des
femelles multiplié par celui des œufs, en tout 3,200.
La troisième génération 1,600 fois 80 ensemble
128,000 œufs. La quatrième 64,000 fois 80, c'est-à-
dire 5,120,000. La cinquième 2,560,000 fois 80, ce
qui donne 204,800,000 punaises !

> (Frémissement d'horreur!)

LE SAVANT, *encouragé à creuser la question plus avant*. — Supposons, mesdames, ce qui arrive souvent dans les automnes doux, cette sixième génération que nous étions convenu de passer sous silence. Elle nous donnera 102,400,000 fois 80, c'est-à-dire, pour l'année, un total de *huit milliards cent quatre-vingt-douze millions*, descendance d'une seule paire de punaises.

> (A la vue de l'effroi que ce chiffre a amené sur toutes les figures, le savant se hâte d'ajouter pour rassurer l'auditoire :)

— S'il n'y avait pas des pays où les habitants mangent les punaises, — ce qui arrête leur développement, — l'humanité entière n'aurait bientôt plus assez de sang pour emplir un boudin de 30 centimètres de long.

MADAME, *indignée et ne pouvant se contenir*. — Canaille de Noé!!!

LE SAVANT. — La punaise est plus terrible que le remords, car ce dernier respecte le sommeil du juste.

> (Les applaudissements de l'auditoire accueillent cette pensée profonde.)

MADAME, *bas à son mari.* — Comment se fait-il qu'un homme pareil ne soit pas décoré?

MONSIEUR. — Il l'est, ma bonne. Seulement dans son pays, ce n'est pas comme en France. Là-bas tout le monde vient au monde décoré. Alors, quand le gouvernement veut vous récompenser, il vous autorise à retirer votre décoration.

LE SAVANT, *continuant.* — Le mâle est d'un caractère patient, rusé et... je demande pardon du mot à ces dames... libidineux! Se souciant peu d'une liaison unique, il promène ses sentiments; de là vient la prodigieuse multiplication d'une race qui n'a pas le sens de la famille ni l'amour des enfants... ces deux sentiments qui honorent votre belle France.

TOUS, *avec enthousiasme national.* — Oui, vive la France!!!

(On s'embrasse à la ronde.)

MONSIEUR, *bas à madame.* — Hein! quel succès... Dis donc, bobonne, n'est-ce pas l'heure de faire circuler des gâteaux?

MADAME. — Jamais! ils sont déjà pleins du savant, ça suffit.

LE SAVANT. — Pauvres ou riches à saigner, la

punaise n'a pas de préférence, et les rois mêmes
sont exposés à ses morsures... Un seul souverain...
j'ai nommé Napoléon 1er... avait trouvé le moyen
de s'y soustraire, en faisant coucher à ses pieds
son mameluck Roustan qui les régalait au passage.

MADAME, *furieuse.* — Et on dit que tout a son
côté utile ici-bas... A quoi sert la punaise, je le demande ???

LE SAVANT. — Les plus énormes punaises se
trouvent à Rome qui fait d'abondantes expéditions
à Paris des peaux séchées au four. En les gonflant
d'air, on en confectionne ces ballons rouges que
vos magasins de nouveautés distribuent en prime.

MONSIEUR. — Heureusement qu'à défaut d'un
mameluck... ce qui n'est pas dans les moyens de
tout le monde... nous avons trouvé la poudre qui
tue cette vermine.

LE SAVANT, *avec un sourire de doute.* — Permet-
tez-moi de citer un fait personnel... Dans une de
ces boîtes de poudre, j'avais enfermé une punaise
que je comptais trouver morte au bout d'une demi-
heure. Pendant trois jours, elle parut inquiète et
nerveuse. A la fin de la semaine, elle était gaie et
sautillante. Après la quinzaine passée, en voyant
la poudre diminuer, je compris qu'elle s'en bitu-

rait à pleine ventrée. Au bout de six mois, elle était grasse à lard. La malheureuse avait tant pris goût à sa poudre, que le sang à sucer lui levait le cœur et qu'elle refusa de revenir à sa nourriture ancienne. Dès ce jour, elle ne fit plus que dépérir et, cet hiver, sous le chaud soleil du Midi, elle est morte de langueur à Nice, où je l'avais envoyée dans le dos d'une jeune actrice qui allait là-bas pour tirer des pigeons.

Le savant a fini de parler sur cette note mélancolique et chacun voudrait qu'il parlât encore. Personne n'a hâte de se dépendre de ses lèvres. Pour opérer la dépendaison générale, il faut la voix du maître d'hôtel qui, tout à coup, beugle ces paroles magiques :

— Le souper est servi !!!!!

LE SOUPER

Propos de table

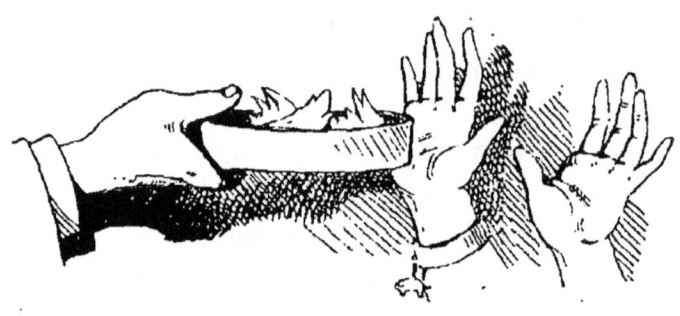

Alors qu'il a lancé ses lettres d'invitation, M. Duflost qui visait à voir la foule s'étouffer dans ses salons, a mis au nombre de ses invités les personnes dont, l'été dernier, à sa saison de Vichy, il a fait connaissance à la table d'hôte de *l'Hôtel de Nantes*.

Un hasard veut que ces personnes, à souper, se trouvent réunies au même coin de table. On se salue, on se sourit, et chacun dit son mot sur l'imprévu de la rencontre.

— En vérité ! c'est à croire que je suis encore à Vichy ! prononce un monsieur à moustaches grises.

— Vous y veniez, s'il m'en souvient, pour les voies urinaires? demande le voisin.

L'interrogé, colonel de dragons en retraite, répond entre deux bouchées :

— Précisément... Suite immanquable de la vie à cheval... Abus de la selle.

Un convive, *constipé, qui n'a entendu que les derniers mots :* Abus de la selle !!! *avec un soupir d'envie.* — Monsieur est difficile ! il se plaint que la mariée est trop belle !... Abus de la selle !!! je voudrais pouvoir en dire autant ! (*Montrant un pois au bout de sa fourchette*). Tenez, moi, je suis resté jusqu'à des onze jours sans obtenir gros comme ça de résultat... J'avais le ventre tendu comme un tambour !... Vrai ! je n'exagère pas. (*S'adressant à une dame à l'autre bout de la table.*) J'en prends à témoin madame qui, je crois, venait aussi à Vichy pour le même cas... Combien êtes-vous restée le plus longtemps, vous, madame? (*Effarement de la dame qui rougit au possible.*) Ah ! pardon ! je vous prenais pour une malade qui, l'an dernier, faisait sa saison en même temps que moi.

9.

Un convive, *maladie peu grave, car elle était traitée à la saison dernière par une chanteuse du Casino.* — J'ai eu un oncle qui souffrait d'une pareille discrétion de l'intestin... il a été là-bas en traitement seize années de suite.

Le constipé, *avec une curiosité inquiète.* — Et qu'est devenu monsieur votre oncle?

Le neveu. — Il est mort étouffé.

Le constipé, *pâlissant.* — Etouffé par sa maladie?

Le neveu. — Etouffé dans la foule, à un feu d'artifice.

Moment de silence à l'apparition du rôti. On entend bientôt le voisin du colonel qui reprend :

— Alors, colonel, c'est de la gravelle que vous souffrez, je suppose.

— Oui, le sable rouge.

— Oh ! tant qu'il est rouge, c'est peu grave... Je voudrais bien l'avoir rouge, moi.

— Comment l'avez-vous donc ?

— Jaune, ce qui est plus sérieux... C'était dernièrement ma fête. Mon beau-frère a eu l'idée de

me faire cadeau d'un microscope. Après dîner, le
soir, au salon, nous nous sommes amusés à examiner mon sable... Rien de plus curieux que ces
concrétions d'oxalate de chaux!... Mon docteur les
attribue à la trop longue rétention dans leur ré-
servoir des liquides sécrétés, ce qui amène l'in-
flammation de l'organe sécréteur... Je ne sais si je
me fais comprendre?

LE COLONEL. — Parbleu! votre mal vient de ce
que vous retenez vos envies de pis... (*La présence
des dames à table arrête le mot sur les lèvres du colonel
qui se reprend pour dire :*) En un mot, vous ne vous
tenez pas la vessie libre quand elle l'exige.

— Ma profession s'y oppose.

— Vous êtes dans le clergé?

— Non, dans la magistrature assise.

Autre moment de silence, coupé
par le bruit des mâchoires, car les
poulets servis sont un peu durs.

LE COLONEL, *reprenant.* — Alors, vous dites que le
gravier rouge est moins dangereux que le jaune.

LE MAGISTRAT ASSIS. — Oui... principalement
chez les femmes.

Un monsieur, *à sa voisine.* — Tu entends, ma bonne... Toi qui t'effrayes toujours, voilà qui doit te tranquilliser... hein !

Tous les yeux de la société se tournent sur la dame dont l'indiscrétion maritale vient de trahir le gravier rouge.

Un convive, *pour changer le sujet de conversation.* — Etiez-vous bien à Vichy, dans votre hôtel ? moi, j'ai été très satisfait, au mien, de la table d'hôte... sauf, pourtant, qu'on n'y servait jamais de salade.

Un voisin. — Les crudités sont défendues par le régime des eaux... Surtout pour les maladies de l'utérus.

Les messieurs examinent attentivement les dames qui se trouvaient cet été à Vichy. Elles baissent le nez sur leur assiette.

Une fillette de six ans. — Dis donc, maman... il a dit l'utérus... comme M. Ménager, notre médecin... Même qu'un jour tu m'as répondu que « L'utérus » était un vieux général qui s'appelait comme cela et que M. Ménager soignait.

La maman devient écarlate.

UN VOISIN, *d'un ton galant et consolateur.* — C'est un mal qui a conduit ma grand'mère jusqu'à cent trois ans... et, encore, elle le négligeait... Ainsi donc, madame, ne prenez aucune inquiétude.

LA DAME, *bas, avec reconnaissance.* — Vous me versez du baume dans l'âme !

LE COLONEL, *qui tient à être bien renseigné sur son fait.* — Ainsi donc, mon magistrat, vous m'affirmez que le sable rouge...

LE MAGISTRAT. — ... N'est pas dangereux ; c'est tout au plus un de ces mille désagréments qu'on rencontre dans la vie... comme celui d'être logé au-dessus d'un chaudronnier ou en face d'un emballeur. On vit souvent, ici-bas, avec plus mauvais ennemi que le sable rouge.

UN CONVIVE, *nerveux.* — Ah ! çà ! est-ce que vous allez vous mettre martel en tête pour votre méchant sable de quatre sous !!! Mais, alors, que diriez-vous donc si vous aviez dans la vessie des joujoux comme ceux-là, que j'ai apportés pour les montrer à mon docteur que je comptais rencontrer ce soir ici. (*Il tire de sa poche une petite boîte, l'ouvre et l'avance sous les yeux du colonel, en ajoutant avec un certain orgueil.*) — Tenez, voilà mes calculs du mois

dernier... Vous voyez bien le plus gros? je l'ai
gardé dix-sept jours dans le conduit rénal... Et je
vous prie de croire que je n'étais pas à la noce !
Quand je pense que j'ai un locataire qui est alors
venu me demander une diminution de loyers.
Avouez qu'il choisissait mal son moment... Lorsque
mon notaire a vu ce gros calcul-là, il n'en revenait
pas. Il a cru que c'était une de mes dents que j'a-
vais avalée... Croyez-vous que vous avez tant à
vous plaindre de votre sable, à présent?... Quand
vous aurez assez examiné, colonel, passez la boîte
à ces dames... Ah ! on peut y goûter ; ce n'est pas
du sucre, je le jure !

(La boîte, après avoir circulé autour
de la table, arrive dans les mains d'un
Marseillais.)

Le Marseillais, *avec un ton de profond dédain.* —
Ça ! des calculs ! vous appelez ça des calculs !...
Mais, allez donc à Marseille. Entrez au musée...
Dites que vous désirez parler au conservateur qui
a la clef du coffret. Demandez-lui de vous montrer
la pierre qui a été offerte à la Ville par le capitaine
Eusèbe, de la marine marchande... Et Eusèbe,
c'est le bougre qui vous parle... Alors vous pour-

rez vous vanter d'avoir vu ce qui s'appelle une pierre... Je n'aime pas à me vanter, mais je vous dirai que tout le corps municipal est venu me remercier d'avoir enrichi le musée d'un tel phénomène.

LA TABLE ENTIÈRE. — Elle est donc énorme, votre pierre?... Grosse, comment?... Montrez un peu.

LE MARSEILLAIS. — Sans exagération, pas vrai? Rien que la vérité?

LA TABLE. — Oui, sans exagération... à la grande franchise.

LE MARSEILLAIS. — Eh bien, grosse comme... (*Il avance son poing fermé, mais ayant promis d'être franc, il se reprend pour dire :*) — Grosse comme deux fois ma tête.

LA SOCIÉTÉ, *avec un léger doute.* — Oh! oh !

LE MARSEILLAIS. — Allez à Marseille, je ne vous dis que cela.

LE COLONEL. — Grosse comme deux fois votre tête... Alors de quelle taille avez-vous donc la vessie?

LE MARSEILLAIS. — Je n'ai pas parlé de ma vessie.

UN CONVIVE, *qui aime à faire quelque peu d'érudition.* — Est-ce la Vessie dont les Hébreux attendent l'arrivée?

LE MARSEILLAIS. — Ma pierre vient de la vessie d'un éléphant tué par moi au Sénégal.

UN CURIEUX, *indiscret*. — Vous avez donc été au Sénégal, cher Monsieur?

LE MARSEILLAIS, *s'oubliant*. — Jamais!!!

Après le souper, on a commencé le cotillon. — A cinq heures du matin, la danse continuait encore.

ÉPILOGUE

Le lendemain de la fête des Duflost, on lisait dans le premier des journaux de *High-Life*.

« *Nous demandons aux lecteurs de vouloir*

bien accorder à notre REPORTER *quelques jours de repos pour revenir de son abrutissement. Il ne saurait, en ce moment, rendre compte de la soirée stupide qu'il a passée hier à une sorte de* BASTRINGUE DUFLOST.

» *Quand donc les parvenus imbéciles cesseront-ils de vouloir singer les gens du vrai monde!*

» *'Faisons, pourtant, exception en faveur d'une remarquable* SAYNÈTE-MILITAIRE *qui avait été se fourvoyer en ce mauvais lieu :* Margaritas ante porcos!!! »

LA FÊTE DU 14 JUILLET

LA FÊTE DU 14 JUILLET

Depuis quelques jours, madame Duflost a lu tout ce que les journaux ont
annoncé sur la fête du 14 juillet. —
Hier matin, après le déjeuner, elle in-
terpelle ainsi son époux :

MADAME. — Pourquoi donc vous êtes-vous, ce
matin, farci les oreilles avec du coton, monsieur Duflost ? Je me plais à croire que ce n'est
pas pour rester sourd à la grande voix de Gam-

betta ni à celle du conseil municipal qui supplient chaque citoyen de Paris de contribuer à l'éclat de la fête du 14 juillet.

Monsieur. — Non. Je me suis mis du coton simplement parce que j'ai attrapé un coup d'air dans l'oreille droite.

Madame. — Juste punition de votre défaut d'appliquer l'oreille à chaque trou de serrure pour moucharder ce qui se dit dans la pièce voisine.

Monsieur, *surpris*. — Voilà, par exemple, un dé·faut que je ne me connaissais pas.

Madame, *sèchement*. — Soit ! passons ! Vous niez, je devais m'y attendre. Je me laisserai toujours prendre à cette illusion qu'un beau matin vous vous déciderez à être franc ! Passons, dis-je. Maintenant, il vous reste à me répondre sur la part pour laquelle vous contribuerez aux splendeurs de la fête nationale.

Monsieur. — Mais, chère amie, je ne puis pourtant pas illuminer mes fenêtres puisque nous habitons sur la cour.

Madame. — Ainsi vous ne voulez rien faire pour complaire à l'édilité parisienne qui, elle, vous offrira quatre feux d'artifice ? Une politesse en vaut une autre, il me semble.

Monsieur. — Oh ! quatre feux d'artifice... tirés

en même temps... et aux quatre coins de Paris...
au fond, ça ne compte guère que pour un seul
feu; car tu n'admets pas que...

MADAME, *sévèrement*. — Et le plan de la Bastille
qu'on doit vous tracer en dalles blanches sur le
pavage de la place où fut ce repaire de la tyrannie,
comptez-vous donc cela pour rien, monsieur Duflost?

MONSIEUR. — Je te ferai observer, ma bonne,
qu'il y aura une telle foule sur la place qu'on ne
pourra voir à ses pieds... Ah ! l'idée eût été bonne
s'il avait été possible de mettre les dalles en l'air, à
une vingtaine de mètres de hauteur... on n'aurait
eu qu'à lever le nez. Alors je...

MADAME, *amèrement*. — Assez ! monsieur Duflost... Dites tout de suite que, pour ne pas lâcher
vos écus, vous êtes décidé à ne tenir compte de
rien au conseil municipal qui doit s'évertuer à
vous faire passer quelques heures agréables. (*D'un
ton sévère.*) Ainsi ces deux mots « Fête nationale »
n'éveillent rien en vous ! ! ! Quand, déjà, la France
entière palpite à l'approche du 14 juillet, vous restez de glace ! ! ! (*Avec un rire sardonique.*) Tenez,
confessez donc que loin de vouloir donner votre
argent, vous songez à vous faire inscrire sur la
liste des distributions de victuailles aux indi-

gents... Peut-être votre âme s'attendrirait-elle
pour deux ou trois cervelas!

Monsieur, *agacé.* — Ah çà! où veux-tu en venir
avec tes cervelas?

Madame. — Quand je pense que vous marchan-
dez au conseil municipal une douzaine de lampions à cinquante centimes!

Monsieur. — Pas du tout. Seulement, je te demande à quoi bon, puisque nous ne demeurons pas
sur la rue... S'il te fait plaisir que nous ayons des
lampions à nos fenêtres, nous en aurons... Veux-
tu que j'en allume aussi dans notre cave? Ce sera
tout aussi utile.

Madame. — Oui, oui, vous essayez de vous en
tirer par de sottes plaisanteries... Vous, un rentier,
lésiner ainsi quand votre ami Beautendon...

Monsieur. — Ah! permets, ma chatte. Entre
Beautendon et moi, il y a une nuance. Il est encore dans les affaires, lui!... Rien de plus logique
qu'il fasse mousser son fond de bandagiste. Aussi,
je comprends et j'approuve qu'il se mette en frais
pour le 14 juillet. Son intention est de rehausser
l'éclat de la fête en promenant sur un char les sta-
tues en plâtre de Vénus et de Ganymède tout or-
nées de bandages. Lui, à cheval et portant éten-
dard, précédera le char en donnant du cor pour

appeler l'attention sur ces mots de sa bannière :
« *Pour cause de fête nationale, grande baisse de
prix.* » — Ah! oui, cette dépense-là, c'est de l'argent bien placé et j'applaudis Beautendon... Mais,
pour moi, simple rentier, il n'en est pas de même...
Ce n'est pas quand il est question de l'impôt sur le
revenu que je dois me mettre en évidence, avoue-le,
ma bichette?... Tu comprends que, plus tard, à
l'heure d'appliquer l'impôt, ils ne manqueraient
pas de se dire : « Duflost, c'est un douillard. Le
14 juillet, il s'est payé un char. » Et, v'lan! on
me salerait en conséquence... En somme, j'aurais un char, que mettrais-je dedans? je te le demande.

MADAME. — Mais je n'exige pas que vous. ayez
un char.

MONSIEUR. — C'est que tu me cites Beautendon.
(*Imprudent.*) Et puis, vois-tu, — c'est bien entre
nous ce que je vais te dire là, — au fond, la grande
voix de Gambetta ne m'a pas trouvé aussi insensible que tu le supposes, car je contribue... indirectement, c'est vrai... à l'éclat de la fête nationale,
attendu que c'est moi qui prête à Beautendon l'argent nécessaire pour son char.

MADAME, *se redressant.* — Vous avez prêté de
l'argent à Beautendon!!!

10

Monsieur. — Prêté? pas encore... mais je le lui ai promis.

Madame. — Je vous défend formellement de tenir votre promesse !

Monsieur. — Y penses-tu? ma bonne... Songes-y donc ! C'est pour rehausser l'éclat de cette fête nationale, qui déjà, comme tu me le disais, fait palpiter la France... Gambetta me le demande...

Madame. — Ta! ta! ta!

Monsieur. — Je rends ainsi sa politesse à l'édilité parisienne, qui m'offre quatre feux d'artifice, un plan de la Bastille, un monument sur la place du Château-d'Eau, des illuminations... en un mot qui, suivant ton expression, s'évertuera à me faire passer quelques heures agréables.

Madame. — Quelle somme avez-vous promise à votre Beautendon ?

Monsieur. — Six cents francs.

Madame, *tressautant d'indignation.* — Six cents francs !... Et l'impôt sur le revenu?? Si cet homme fait des révélations, croyez-vous qu'on ne vous salera pas d'importance... Vous aurez donc, je vous le répète, à ne pas compter un sou à votre Beautendon.

Monsieur. — J'avais déjà la somme prête.

Madame. — Alors, pour que vous n'ayez pas la

faiblesse de vous en dessaisir, vous me la remet-
trez.

MONSIEUR. — Oui, mais la fête...

MADAME. — Je me chargerai moi-même d'en
rehausser la splendeur par une toilette neuve et
de bon goût que j'étrennerai en ce mémorable
14 juillet.

MONSIEUR, *tressautant à son tour*. — Sapristi! tu
entends le patriotisme à ta manière, toi!

MADAME. — La grande voix de Gambetta a su
me convaincre... Mais comme ce foudre d'éloquence, si puissant qu'il soit, ne saurait éteindre
en moi ma profonde répugnance pour les dépenses
inutiles, je vous défends, vous m'entendez bien,
Duflost... je vous défends les lampions que votre
prodigalité se promettait d'allumer dans la cave.

UN MARI QUI CHASSE

UN MARI QUI CHASSE

Depuis longtemps, M. Duflost se
promettait de faire l'ouverture de la
chasse avec quelques joyeux amis que
sa femme ne peut souffrir. Madame
n'a rien dit qui laisse soupçonner
qu'elle est hostile à ce projet. Enfin la
chasse est autorisée en Seine et Seine-
et-Oise, les deux derniers départe-
ments ouverts aux accidents de

chasse! La veille du bienheureux jour,
monsieur a préparé son costume tout
flambant neuf, nettoyé son fusil,
complété sa provision de cartouches
et, demain, il aura tout sous la main
à l'heure matinale du réveil. Dès le
soir, pour n'être retardé en rien, il a
même fait ses adieux à sa femme. Au
point du jour, il saute du lit. — « Allons, chasseur, vite en campagne! »
fredonne-t-il bien bas pour ne pas
eveiller son épouse qui dort profondé-
ment le nez dans la ruelle. Il s'habille
à la hâte. Puis il veut prendre son
fusil... O surprise!!! le fusil a disparu
du coin où il l'avait placé la veille!!!
Sur la pointe du pied, il visite en
silence tout l'appartement... Pas de
fusil!... A bout de recherches, il se
décide à interroger sa femme.

MONSIEUR, *prenant sa voix douce.* — Dors-tu? ma
Louloute; hein! dors-tu?

MADAME, *s'éveillant.* — Tiens te voici déjà revenu
de ton ouverture, mon chéri?

MONSIEUR. — Non, il n'est encore que cinq heures du matin... Tu ne sais pas ce qui m'arrive? Je ne peux pas mettre la main sur mon fusil.

MADAME. — Est-ce qu'il t'est vraiment indispensable?

MONSIEUR. — Dame! avec quoi veux-tu donc que je tue les lièvres?

MADAME. — Comment faisait-on au moyen âge, quand la poudre n'était pas inventée? On tuait pourtant aussi des lièvres.

MONSIEUR. — C'est possible! mais je ne veux pas me faire montrer du doigt en arrivant au rendez-vous avec un épieu ou un carquois.

MADAME. — Pourquoi pas? Les journaux ne seraient pas remplis d'accidents de chasse résultant d'armes à feu... On a son fusil à la main, on franchit un fossé... et crac! on se tue ou on tue son voisin, comme c'est arrivé, l'an dernier, à M. Dupitois.

MONSIEUR. — Heu! heu! Dupitois... Celui qu'il a tué était son beau-père... Peut-être bien qu'en étudiant la chose à fond, on aurait pu découvrir que ce n'était pas tout à fait un accident.

MADAME. — Ta, ta, ta... Mon notaire me disait encore hier : « Notre bonne saison d'affaires, c'est le moment de la chasse. »

MONSIEUR. — Voyons, tu sais que je chasse pour

mon obésité... que je ne descends jamais d'omnibus sans qu'il soit bien arrêté. Pourquoi donc viens-tu croire que, parce que j'aurai un fusil en main, je vais me mettre à bondir comme une chèvre... Oh! non, je suis plus prudent que ça.

MADAME. — Ah! elle est jolie votre prudence! Quand je pense que, l'an dernier, on vous rapporta ici tout ensanglanté.

MONSIEUR. — Oui, mais ce n'était pas un accident... c'était par un miracle, par un phénomène inouï! Je chasserais encore dix mille ans que pareil fait ne se reproduirait pas.

MADAME. — Est-ce que vous allez toujours me soutenir votre mensonge que c'était un lièvre qui vous avait tiré un coup de fusil???

MONSIEUR. — Puisque c'est la vérité.

MADAME. — Ah! ouiche!

MONSIEUR. — Il n'y a pas de ouiche! je poursuivais un lièvre dans les vignes... le raisin était mûr, et, dame! le raisin, c'est comme le galon... une grappe par ci, une grappe par là... on va jusqu'au moment où on se sent tout à coup le ventre inquiet. Dans cet état-là, je couche mon fusil par terre, le canon un peu relevé par une pierre pour lui éviter l'humidité, et je passe derrière un buisson... C'était précisément celui où se cachait mon lièvre!...

Effrayé par la vue et le bruit, l'animal bondit et,
dans sa fuite, il va juste poser sa patte sur la gâchette
de mon fusil qui part... Je reçois la charge en plein
dans la portion de mon individu qui prenait l'air...
J'étais gravé ! ! ! (*Changeant de ton.*) Avec tout ça, je
voudrais bien savoir ce qu'est devenu mon fusil ?

MADAME. — Vous l'aurez posé dans quelque
coin humide, où la rouille l'aura rongé.

MONSIEUR. — Dans ce cas, je retrouverais au
moins la crosse... Tiens, chère amie, tu ferais
mieux de m'avouer franchement que tu l'as caché.

MADAME. — Et quand cela serait ? Est-ce donc
une existence que celle d'une femme qui, toute la
journée, tremble de voir revenir son mari sur un
brancard. Je ne comprends pas qu'un homme rai-
sonnable aille oublier sa femme, son commerce,
ses échéances, pour satisfaire une idiote manie de
tirer des coups de fusil sur ses voisins... Les journaux ne racontent que ça !

MONSIEUR. — Tu te fais une fausse idée de la
chasse si tu te figures qu'on emploie le temps à
tirer les uns sur les autres... Oui, peut-être en province où l'on s'ennuie et où les querelles de religion
subsistent toujours ! Mais, à Paris, ce n'est plus
ça... Je sais bien que tu vas encore me parler de
Dupitois, mais je te répéterai aussi que la victime

était son beau-père... Non pas que j'excuse Dupitois, sois-en persuadé! mais tous les chasseurs ne
sont pas des Dupitois. Tiens, par exemple, je te
citerai l'ami Blanquet.

MADAME, *avec ironie.* — Je vous conseille de le
citer, celui-là! Pas plus chasseur que ma pan-
toufle!

MONSIEUR. — Pas chasseur, lui!... il ne rentre
jamais au logis sans au moins dix perdreaux et
deux ou trois lièvres.

MADAME. — Oui, mais achetés chez le marchand
de gibier... Quant à en avoir tué un seul avec son
fusil, bernique!... Ne remuez pas la tête, je sais ce
que je sais allez!... C'est un monstre d'infidélité et
d'inconduite, votre Blanquet. Aussi sa pauvre
femme, qui se doutait que son bandit d'homme
chassait autre chose que le lièvre, a voulu s'assurer
s'il faisait réellement le coup de feu. Elle lui a
chargé chaque canon de son fusil avec une bou-
gie... Il y a trois ans de cela, et les bougies y sont
encore!!! Chez tous les marchands d'estampes, il y
a une gravure qui représente un chasseur barrant
le bout d'un pont à une bergère qui voudrait traver-
ser l'eau. Le chasseur frise sa moustache en faisant des yeux émérillonnés, et la gravure s'intitule
Le droit de passage... Voilà le gibier que chasse

votre Blanquet! Est-ce que vous aussi vous récla-
mez le droit de passage aux bergères?

MONSIEUR. — Au lieu de me conter toutes ces
balivernes, tu ferais mieux de me rendre mon
fusil... Voyons, tu ne veux pas me déshonorer
devant tout le quartier?

MADAME. — Comment cela?

MONSIEUR. — En me voyant passer ainsi cos-
tumé en chasseur et sans fusil, les voisins se
diront, à coup sûr, que les renseignements ont été
si mauvais qu'on a refusé de me donner un port
d'armes. Alors on forgera un tas de calomnies qui
nous nuiront plus tard quand nous voudrons établir notre fille... Songe à cela, Bibiche, et rends-
moi mon fusil. Ne me laisse pas ridicule aux yeux
de mes amis.

MADAME. — Alors, monsieur préfère ses amis à
sa femme?

MONSIEUR. — Non, mais je ne veux pas être
blagué pour m'être ainsi laissé désarmer. Je les
entends déjà quand nous déjeunerons à la matelote de Gournay.

MADAME. — C'est bien ça! Une matelote! ces
messieurs vont godailler, boire, s'échauffer la tête,
puis, au dessert, on jouera avec les fusils, on s'a-
justera... toujours comme dans les journaux.

11

MONSIEUR. — Ah ! tu m'ennuies à la fin avec tes journaux ! (*D'un ton impatient.*) Veux-tu me rendre mon fusil, oui ou non ?

MADAME. — Non, non, non.

MONSIEUR. — Alors je vais m'en acheter un autre avec l'argent que j'avais mis de côté pour t'offrir tes toilettes d'automne.

MADAME. — O maman !!!!! (*Elle a une violente attaque de nerfs ; son mari effrayé et attendri lui prodigue ses soins.*)

MONSIEUR. — Voyons, Louloute, calme-toi... Eh bien, non, je n'irai pas chasser, j'y renonce, je respecte tes craintes.

MADAME, *d'une voix douce*. — Tu tenais donc bien à chasser ?

MONSIEUR. — Sans doute. Depuis si longtemps je me faisais une fête de cette journée.

MADAME. — Puisque tu m'as cédé, je veux maintenant que tu chasses, oui, que tu chasses toute la journée... Et, pour te le prouver, je vais te mettre moi-même l'arme en main. Ouvre le tiroir d'en haut de la commode.

MONSIEUR, *à part*. — Enfin, je vais tenir mon fusil !

MADAME. — Que vois-tu dans le tiroir ?

Monsieur, *désappointé.* — Un soufflet Vicat et une boîte de poudre insecticide.

Madame. L'appartement entier est infesté de vermine... Chasse toute la journée, mon ami.

Monsieur, *à part.* — C'était bien la peine de me mettre des guêtres jusqu'au ventre!

LES

PRÉDICATIONS DE LA TOUSSAINT

LES

PRÉDICATIONS DE LA TOUSSAINT

Dans toutes les églises de Paris, la
Toussaint a fait remonter les prédica-
teurs en chaire pour les conférences
religieuses. — Madame Duflost a voulu juger du mérite de celui de sa paroisse. Elle rentre au domicile conjugal avec une mine des plus renfro-
gnées. M. Duflost feint d'abord de ne

pas s'apercevoir que la bonne dame
mâche du poivre. Mais comme il a
peur que l'averse tombe sur lui, il se
risque à parler.

Monsieur. — Eh bien! chère amie, ton prédicateur a-t-il eu le bonheur de te plaire?

Madame. — Ah! je te conseille de parler de mon
prédicateur!... Voilà une paroisse qui ne se met
pas en frais, par exemple! Si c'est comme cela
qu'elle entend satisfaire sa clientèle!! Au lieu
d'engager quelque sujet d'élite en représentation...
car, il y a aussi des premiers ténors dans cette
partie-là... Des grands crus, comme on dit à
Bercy... qu'est-ce qu'elle a fait? Elle a fouillé dans
son sac à vieux chiffons et en a tiré un de ses vi-
caires... En voilà un que je ne recommanderai pas,
je le jure! Maintenant que je l'ai entendu, il peut
mourir!... Une voix qui casse des noix, pas de
grâce, raide comme une canule de clysoir, sans
autre geste que de frapper alternativement de
chaque main le bord de la chaire comme un lapin
savant qui bat du tambour avec ses pattes de devant...

Monsieur, *interrompant*. — Il faut bien souvent
oublier l'homme pour n'écouter que sa parole..
Fermer les yeux et ouvrir les oreilles.

MADAME. — Oui, je la connais !... Et un jour que je fermais les yeux pour ouvrir les oreilles, on m'a volé mon parapluie... Aussi, depuis ce jour-là, on ne m'y a plus pincée.

MONSIEUR. — En somme, qu'importe l'homme, si son éloquence vous pénètre l'âme.

MADAME. — Comment dis-tu ça ? Pénètre l'âme !... Oh ! pas avec des balivernes comme celles qu'il nous a débitées !

MONSIEUR. — Des balivernes ? De quoi donc a-t-il pu parler ?

MADAME. — De la Foi.

MONSIEUR. — Mais il me semble que c'est là un thème de son métier. Tu ne comptais sans doute pas qu'il allait causer sur les tuyautés en oblique ou les garnitures en petit-gris.

MADAME, *sèchement.* — Il aurait mieux fait que d'avoir l'air de nous prendre pour des dindes... La foi ! la foi ! Parbleu ! non, je ne lui défends pas de parler de la foi... Il faut bien qu'il gagne ses appointements... mais je ne veux pas qu'il mette la foi à toutes sauces... Quand je pense qu'il y avait là cinq ou six bigotes qui l'écoutaient en ayant l'air de lécher du miel... Moi j'ai été sur le point de lui lancer mon porte-monnaie dans la chaire en lui criant : « Tenez, vous prendrez les trois sous pour votre

11.

chaise et vous me renverrez le reste! » Heureusement, je me suis retenue.

Monsieur. — Voyons, reprends ton calme et,
je t'en prie, explique-moi comment, à te parler de
la foi, on a pu te mettre dans un tel état d'exaspération.

Madame. — D'abord il se tournait toujours de
mon côté... neuf fois sur dix il me regardait... il
avait pour ainsi dire l'air de s'adresser à moi.

Monsieur. — Sans doute alors que ta figure lui
revenait.

Madame, *revêche*. — Ce n'est pas flatteur ce que
tu me lâches-là. Comment, voilà un gaillard qui
nous poussait des bourdes plus grosses que lui...
et tu prétends que ma figure lui revenait, c'est-à-
dire qu'il devait se dire de moi : « En voici une qui
parait être plus grue que les autres... allons-y carrément avec elle, c'est une gobeuse qui avalera la
chose comme du petit lait. » Et il me regardait toujours.

Monsieur. — C'était donc bien le cas pour toi de
fermer les yeux et d'ouvrir les oreilles.

Madame. — Et qui aurait veillé sur mon parapluie neuf... Merci! je n'ai pas envie que ça me
coûte 22 francs toutes les fois... Cela reviendrait

plus cher qu'au théâtre. (*S'emportant.*) Vingt-deux francs pour écouter les calembredaines d'un égoïste!

MONSIEUR. — Oh! oh! d'un égoïste!

MADAME. — Ou alors d'un farceur; je te donne le choix sur son compte.

MONSIEUR, *cherchant à la calmer.* — Là, là, remets-toi. Egoïste ou farceur, voilà un double jugement peut-être un peu sévère.

MADAME, *s'exaspérant.* — Ah! tu sais, toi, tu me portes sur les nerfs à vouloir ainsi ménager la chèvre et le chou! Quoi! un homme ose se dire de ta femme : « C'est l'idiote qu'il me faut pour avaler mes contes, » et tu prends la défense de cet homme sans même savoir ce qu'il a dit!

MONSIEUR. — Mais, au contraire, je ne demande qu'à savoir ce qu'a dit ce prédicateur à propos de la Foi.

MADAME. — Sache donc qu'il a eu l'aplomb de me débiter en face...

MONSIEUR. — Décidément, tu tiens à ce que ce soit personnellement à toi qu'il ait parlé.

MADAME. — Sans doute, j'étais sur le premier rang, bien en face de lui.

MONSIEUR. — Et tout son auditoire derrière toi... Ne se peut-il pas que tu aies pris pour toi un regard qui, passant par-dessus ta tête, s'adressait à tout le monde?

MADAME, *sèchement.* — Tu vois, je t'y prends encore à ménager la chèvre et le chou!

MONSIEUR, *vivement.* Mais non, mais non, ma bonne... D'avance, je te donne raison... Maintenant répète-moi, je t'en conjure, les paroles qui t'ont tant offusquée.

MADAME. — D'abord il m'a bien regardée dans les yeux, puis il a tapé sur la chaire, pouf! en me disant d'un ton à croire que je lui avais volé ses bretelles : *Vous n'avez pas la foi! Non, non, vous n'avez pas la foi! car, si vous l'aviez, vous pourriez aller devant la montagne et lui dire : « J'ai la foi. Au nom de Dieu, abaisse-toi! » Et aussitôt, la montagne s'abaisserait et deviendrait vallée. Mais je vous le répète, vous n'avez pas la foi!* (1) Hein! qu'en dis-tu? il a un bel aplomb de vous conter cela.

MONSIEUR, *indulgent.* — Dame! oui, si tu veux... mais, en somme, c'est son état de te dire cela...

MADAME. — Son état! son état! dans tous les états on doit être poli et ne pas avoir l'air de prendre les gens pour des cruches!... Ah! j'aime mieux le curé de Bichetrou, le pays de maman...

---

(1) Entendu dans une église de Paris. (*Note de l'éditeur.*)

Un ancien militaire qui ne cherchait pas ses phrases, lui. Il avait peut-être le mot un peu raide, mais il ne vous lâchait pas de stupidités. Je me souviens qu'un jour il a aussi prêché contre le manque de foi de ses paroissiens... mais c'était bien autre chose, va!

MONSIEUR. — Conte un peu pour comparer.

MADAME. — Écoute :

« *Fichtre!* (1) mes frères, vous êtes de vilains
« bougres! Vous vous *fichez* du Père; vous vous
« *fichez* du Fils. — Respect que je lui dois, vous
« vous *fichez* de la Mère. — Vous n'entrez dans
« l'église que quand il pleut, ou pour entendre la
« musique, ou pour pincer les filles et leur pro-
« poser la bagatelle (*avec indignation*). Et après
« vous venez demander au Bon Dieu un tas de
« grâces!!! Ah! vous me la *fichez* belle!!! Tenez,
« une supposition que vous iriez trouver le Préfet,
« M. de Badijouin, et que vous lui diriez comme
« ça : (*Dansant en chaire et chantonnant ce qui suit*)
« M. de Badijouin, la grèle, turlututu, elle a dé-
« truit nos moissons, boum! boum! nous sommes
« perdus, hioup! hioup! nous sommes ruinés,
« trou la la, nous venons vous demander de ne

(1) Nous adoucissons les termes de ce prêche qui est complètement historique.   (*Note de l'éditeur.*)

» pas payer l'impôt, ti, ti, larito ! (*reprenant la voix*
« *indignée*.) Mais, *fichtre !* M. de Badijouin, à ce
« ton, vous enverrait vous faire *fiche* aussitôt *(ap-*
« *puyant*). Et bien, le Bon Dieu aussi vous enverra
« faire *fiche*, si vous continuez à vous *ficher* de
« lui. (*avec âme*). Et n. d. d. ! je l'approuve, moi ! »

Hein ! tu vois, c'était peut-être dit en ancien militaire, mais il leur parlait aussi de la Foi sans
aller leur conter qu'elle abaisse les montagnes,
comme celui de ce matin... Et si tu avais vu le sérieux avec lequel il nous poussait sa montagne !

MONSIEUR, *toujours indulgent*. — Rappelle-toi.
C'est un peu comme dans notre commerce quand
nous affirmions que notre flanelle était irrétrécissable. Nous savions que ce n'était pas vrai
du tout, mais nous le jurions quand même.

MADAME. — Ta ! ta ! La foi et la flanelle n'ont aucun rapport. (*s'exclamant*.) Oh ! si j'étais le gouvernement ! ! !

MONSIEUR. — Bah ! !... Et que ferais-tu si tu étais
le gouvernement ?

MADAME. — Je ferais venir mon homme et je lui
dirais : « Puisque vous reprochez aux autres de ne
pas avoir la foi, c'est que vous l'avez, vous...
Voyons, oui ou non, l'avez-vous ? » Et s'il me ré-

pondait oui, alors je le ferais immédiatement arrêter.

MONSIEUR, *tressautant*. — Arrêter!!! parce qu'il aurait la foi!!!

MADAME. — Oui, je le ferais arrêter pour son monstrueux égoïsme. Et tous ceux qui ont un pouce de bon sens me donneraient raison. (*S'emportant*.) Comment! voilà un homme ayant la foi qui abaisse les montagnes... et il ne s'est pas remué plus qu'une souche depuis douze ans qu'il entend dire qu'on dépense des millions à percer le mont Saint-Gothard pour y faire passer un tunnel de chemin de fer!!! Et il n'avait qu'à ouvrir la bouche pour éviter ces travaux-là!... Est-ce que, avant le premier coup de pioche, il n'aurait pas dû aller trouver les ingénieurs pour leur dire : « Laissez-moi faire, ça vous reviendra à meilleur marché... Seulement, vous donnerez quelque chose pour la Fabrique. » Alors il se serait planté devant le Saint-Gothard et lui aurait crié : « J'ai la foi, abaisse-toi, deviens vallée. » — Hein! n'aurait-il pas dû faire cela, je te le demande.

MONSIEUR. — Oui, et je me range de ton avis ; c'est un énorme égoïste.

MADAME. — Ou, alors, un farceur, je ne sors pas

de là, qui se moque de nous, en nous contant des balançoires.

Monsieur. — D'autant plus que s'il avait vraiment la *Foi à Montagne*, il serait le premier à s'en servir... Moi, à sa place, comme qui peut le plus peut le moins, j'aurais depuis longtemps ouvert un cabinet de consultations, et, sans porter mes visées sur les montagnes, je me contenterais simplement d'abaisser le dos des bossus... il y a des millions à gagner dans cette spécialité-là !

MONSIEUR DÉCOUCHE

MONSIEUR DÉCOUCHE

Pour célébrer le dixième anniversaire de leur mariage, les époux Duflost ont donné un grand dîner, pendant lequel le mari a été un peu galant pour sa voisine.

Madame Duflost a étouffé sa jalousie durant toute la soirée; mais, à peine entrée au lit conjugal, alors qu'elle est certaine que le coupable

ne peut lui échapper, (d'autant plus
qu'il est retenu par un pan de sa chemise), elle laisse éclater son indignation.

MADAME. — Ah! çà, monsieur Duflost, avez-
vous donc assez peu de conscience pour croire
que vous allez dormir?

MONSIEUR. — Mais je ne vois pas trop ce qui
m'en empêcherait... Oui, peut-être le foie gras,
dont j'ai abusé; mais comme j'ai pris trois verres
de chartreuse, je...

MADAME. — Ainsi, monsieur, vous oubliez la
Providence, qui peuple de remords les veilles
fiévreuses du coupable?

MONSIEUR. — Pourquoi diable la Providence
s'occuperait-elle aussi désagréablement de moi?

MADAME. — Ah! je sais qu'il est des regrets bien
inutiles; mais, si je me trouvais tout à coup ra-
jeunie de dix ans, ce qui a été fait ne se referait
pas, je vous le jure! Je ne me doutais guère,
quand nous sortîmes jadis de la mairie. que le
dixième dîner anniversaire de nos noces se pas-
serait ainsi. Je vous vois encore en toilette de
marié, ayant à la boutonnière une rose, qui,
répétiez-vous, me ressemblait.

MONSIEUR. — J'ai dit cela ??? moi ???

MADAME. — Oui, je le sais, c'est votre rôle d'homme de ne pas vous rappeler tout ce que vous avez dit ce jour-là ; mais, moi, je me souviens. — Il me semble encore vous voir à notre sortie de l'église ; vous me dévoriez des yeux... et des yeux si ardents que je ne savais plus quelle contenance tenir. C'est ce jour-là que j'ai compris ce qu'on appelait une face de satyre. Votre visage grimaçait de désirs.

MONSIEUR. — Ta, ta, si mon visage grimaçait, c'était parce que j'étais chaussé trop juste ; mes bottes neuves me faisaient horriblement souffrir.

MADAME. — Oui, vous parlez de bottes aujourd'hui, mais, ce jour-là, il n'en était pas question. Je crois aussi encore entendre maman, qui avait la grande expérience des hommes, murmurer avec effroi à mes côtés : « Il faut lui donner un litre de sirop de nénuphar à boire ; on dit que ça éteint le clergé ; lui, ça le fera patienter... » Vous en souvenez-vous ?

MONSIEUR. — Nullement..... et même, si vous aviez été mariée deux fois, je croirais que vous me confondez avec votre premier mari.

MADAME. — Et à notre dîner de noces, où, contre la coutume, vous aviez absolument voulu être

assis près de moi, vous me passiez de tous les plats
et vous m'auriez fait manger des perles et des diamants... A coup sûr, vous allez aussi me dire
que vous ne vous rappelez pas ce que vous avez
répondu au toast en l'honneur de la mariée! C'é-
tait tout confit en belles promesses... je devais
nager dans un océan de délices... chacun pleu-
rait... Je vois toujours le nez de mon père tout
ruisselant de larmes et ma mère près de se trouver
mal... Pauvres créatures qui se seraient préci-
pitées par la fenêtre d'un vingtième étage si elles
avaient pu se douter de mon triste avenir!! — Et
dire que c'est le même homme qui s'est si lâchement conduit ce soir!!! Oh! prenez votre air étonné,
je vous le conseille... Tout le monde a remarqué le
peu de cas que vous faisiez de moi; j'avais l'air
d'une mauvaise emplette qu'on laisse dans un
coin... Tous nos convives étaient honteux pour
vous d'un pareil affront dont vous les rendiez témoins... Peut-être aussi était-ce votre but en les
invitant?

MONSIEUR. — Mais c'est vous-même qui avez fait
les invitations!!

MADAME, *éclatant*. — Ce n'est pas vrai!!! Me
soutiendrez-vous aussi que c'est moi qui ai invité
cette demoiselle Joséphine Ducoudray??? Oui,

oui, je sais que vous allez me répondre que c'est son
frère qui nous l'a amenée à votre insu. — Il l'a dit
devant moi, il est vrai, — mais je ne suis pas assez
bête pour ignorer que c'était convenu entre vous
trois ! — Ah ! il joue un joli personnage ce frère-
là !! On peut bien dire : « Tel frère, telle sœur ! »
car ce doit être bien peu de chose que cette femme
qui se glisse dans une maison sans être invitée.

Monsieur, *impatienté.* — Voyons, dormons-nous,
à la fin ?

Madame. — Mais il me semble que je ne vous
en empêche pas.

Monsieur, *s'enfonçant dans l'oreiller.* — Grand
merci !

(*Moment de silence*)

Madame. — Je sais fort bien quel était le but de
cette Joséphine en arrivant moucharder la maison !
Elle venait voir si elle serait bien logée quand vous
l'épouserez en secondes noces. Oh ! elle n'aura
pas longtemps à attendre pour s'emparer de tout
ici ! A souffrir ainsi, je sens que je décline de jour
en jour ; je n'en dis rien, mais chaque semaine je
suis obligée de faire rétrécir mes robes... je danse
dans mes corsages. — Alors elle pourra s'installer.
— Je la regardais ce soir, quand elle tripotait con-
vulsivement notre argenterie ; elle examinait mon

chiffre, qu'elle avait l'air de gratter de l'œil pour y mettre le sien.

Monsieur, *énervé.* — Mille noms de noms!!!

Madame. — Oh! vous avez beau vous tortiller dans le lit comme une anguille quand je vous parle d'elle, c'est une preuve de plus pour moi de vos coupables relations. — Pauvre fille! je la voudrais voir déjà à ma place, ce serait son châtiment. — Si vous le désirez, j'irai demain donner l'ordre à tous mes fournisseurs de lui ouvrir d'avance un crédit?

Monsieur, *tressautant.* — Sacrebleu! madame, vous calomnieriez un saint!!!

Madame. — Ah! vous prétendez à présent que je calomnie parce que je vois clair... Je calomniais peut-être aussi notre cuisinière, cette Suzon que j'ai chassée et qui vous a cité devant le juge de paix pour de prétendus propos dont j'avais, disait-elle, terni sa réputation. — Sa·réputation!! Marguerite de Bourgogne n'en eût pas voulu. — Le juge vous a simplement condamné à des dommages-intérêts; il aurait dû vous mettre en prison ; vous auriez sans doute été guéri de votre imprudence d'aller, vingt fois par jour, chercher à la cuisine l'eau chaude de votre barbe. — Comme si une fille qui est forcée de gagner son pain avait

besoin d'être jolie... ce qu'elle n'était pas du
reste ! ! ! Oui, oui, je sais ce que vous allez me dire ·
« Vous êtes artiste, c'est l'amour de l'art. » Vous
appelez cela la fête des yeux ! ! ! Je les connais vos
yeux, de vrais tisons, pour tout feu illégitime. —
Tenez, je ne sais pas comment vous avez le front
de me regarder en face.

MONSIEUR, *le nez dans la ruelle.* — Mais je ne vous
regarde pas.

MADAME. — Vous devriez n'en être que plus honteux. Ah ! si c'était votre Joséphine adorée, vous...

MONSIEUR, *agacé.* — Encore une fois, madame,
je vous en supplie, laissez-moi dormir. J'aurai tout
le temps demain d'écouter vos sottes querelles.

MADAME. — Soit, monsieur; un honnête homme
se défendrait... un coupable seul se tait, par crainte
de se trahir.

(Nouveau moment de silence.)

MADAME, *éclatant tout à coup avec rage.* — Eh
bien, non, non, non, je ne me tairai pas. — Quand
le bourreau lui-même autorise les gémissements
de la victime, je ne sais pas de quel droit vous
prétendez m'imposer silence. Vous m'arracheriez
la langue que je ne me tairais pas ! Voyons, essayez donc de m'arracher la langue; je vous en
défie !

MONSIEUR, *avec un reste de sang-froid*. — La nuit est faite pour dormir et non pour arracher des langues.

MADAME. — C'est sans doute l'arche sacrée dont on n'ose pas parler que votre Joséphine ? N'est-elle pas, comme tout le monde, faite de chair et d'os... d'os surtout !... L'avez vous assez mijotée durant le repas ?... Vous savez que j'aime le pilon de volaille et vous avez fait exprès de le lui offrir... oui, monsieur, vous l'avez fait exprès, car je vous voyais rire en le passant à cette *cocotte*. Vous comprenez bien qu'après une pareille insulte il m'a été impossible de rien manger... Oh ! non, j'ai plus de cœur que ça ! Je souhaite que mon dîner étouffe cette créature qui se permettait, Dieu me pardonne ! de critiquer mon gâteau de riz.

MONSIEUR. — Au contraire, elle en a fait l'éloge.

MADAME. — Qui lui demandait des éloges à cette impertinente ??? Ah ! je me rappelerai votre conduite quand même je vivrais cent ans...

MONSIEUR, *avec ironie*. — Cent ans !... Tout à l'heure vous annonciez n'en avoir plus pour longtemps.

MADAME. — Oh ! ne tremblez pas, si je dis « cent ans » c'est une manière de parler ; car je verrais la tombe ouverte devant moi que j'y sauterais aussitôt à pieds joints pour finir mes souffrances. — Vous pourriez alors épouser votre saltimbanque ! N'est-ce pas une vraie saltimbanque que cette fille, toujours disposée à se montrer en public, à laquelle personne ne demandait rien, et qui, en sortant de table, a tout de suite été se vautrer au piano pour nous faire admirer ses bras d'araignée et sa voix de saindoux qui frit. Un instant, j'ai eu l'idée de faire la quête à son profit, en disant à l'auditoire : « Pour une pauvre chanteuse qui a avalé son peigne. » — Si vous n'aviez pas été occupé à la dévorer des yeux, vous auriez vu tous vos invités se tordre de rire à ses miaulements... mais vous n'avez rien remarqué de cela... vous buviez trop de petit lait quand cette impudente a osé vous faire sa déclaration dans son impudique romance :

> Le nom de *celui* que j'aime,
> Il est gravé dans mon cœur.

Il ne lui manquait plus que de vous passer la main dans les cheveux.

MONSIEUR. — Vous faites erreur, la romance dit : « le nom de *celle* que j'aime », et mademoi-

selle Joséphine Ducoudray a observé le texte. —
Vous aurez mal entendu.

Madame. — Dites tout de suite que je suis
sourde ! Je la vois encore quand elle disait : « *celui* »
avec sa main en pigeon vole, ses yeux blancs...
et sa bouche tant ouverte en mansarde que c'était
à donner l'envie d'y dresser un lit de sangle.
Une chose qui me surpasse, c'est qu'il existe
des créatures assez éhontées pour oser ainsi allumer un homme marié devant vingt personnes !
oui, monsieur, c'est à ce point qu'à certain moment, en la voyant promener son regard autour
d'elle, j'ai cru qu'elle cherchait un sopha... Tout
le monde me regardait avec pitié quand, à la
partie d'écarté, elle vous répétait à chaque instant, avec un sourire lubrique : « Je prends votre
cœur. » — Oui, vous auriez vu la pénible impres-
sion ressentie par la société, si vous n'aviez été
occupé à faire votre ronron près de cette tourte-
relle qui vous trichait... car elle vous trichait...
Vous ne pouvez nier qu'à un moment elle a été
surprise avec quatre rois de pique dans son jeu.

Monsieur. — Cela vous apprendra à ne plus
laisser notre fils Paul toucher aux jeux de cartes
du salon ; il les avait tous mêlés en s'amusant.

Madame. — Ah ! monsieur Duflost, je ne m'attendais pas à vous voir ternir la réputation de votre fils ! Ainsi donc, pour défendre une fille de joie, vous donnez à entendre qu'un pauvre enfant de quatre ans n'est déjà qu'un *grec* qui s'occupe à préparer des séries.

Monsieur, *avec rage.* — Ah! c'est trop fort! Tenez, madame, vous me rendrez fou !

Madame. — Tant mieux! j'aime mieux vous voir fou que père sans entrailles.

Monsieur, *au dernier degré d'exaspération.* — Ecoutez, je crois avoir assez fait preuve de patience?... Oui ou non... pour la dernière fois... VOULEZ-VOUS — ME — LAISSER — DORMIR?????

Madame, *avec énergie.* — Jamais ! Dussiez-vous me faire un bâillon avec le traversin, je parlerai ! (*Monsieur Duflost s'élance vivement du lit.*) Où allez-vous?

Monsieur, *qui s'habille à la hâte.* — Je vais coucher à l'hôtel.

UN BANQUET ANNUEL

UN BANQUET ANNUEL

Madame Duflost qui, d'habitude,
glisse ses appas sous la couverture à
dix heures précises du soir, a veillé
en attendant le retour de monsieur
qu'elle a autorisé à se rendre au banquet annuel des anciens élèves de l'Ins-
titution Potolengo, où, jadis, il a fait
ses classes. — Disons que, quand madame Duflost a veillé passé dix heures, son charmant caractère tourne a

l'aigre et que ses nerfs la travaillent à l'extrême. Enfin M. Duflost rentre, coupable d'être en retard de dix-sept minutes.

MADAME, *d'une voix sévère, en lui montrant la pendule.* — Ainsi, c'est-à-dire monsieur Duflost, que, dès qu'on vous mettra devant des bouteilles pleines, vous oublierez femme, enfant, considération, respect de vous-même et parole donnée. Tout se noiera dans le vin !!! J'allais envoyer à la Morgue pour savoir si l'ivresse ne vous avait pas rendu victime d'un accident sur la voie publique.

MONSIEUR. — Oh! oh! pour dix-sept pauvres petites minutes de retard.

MADAME — Dites plutôt dix-sept siècles !!! Si un dentiste mettait dix-sept minutes à vous arracher une dent, vous comprendriez sans doute ce que le temps peut durer dans certaines circonstances... Mais enfin, vous voici de retour !!! Je ne vous imposerai d'autre punition que de me rappeler demain matin le vœu que j'ai fait, dans mon angoisse, d'aller brûler un cierge à sainte Cunégonde, ma patronne, s'il m'était donné de jamais vous revoir.

MONSIEUR, *faisant un nœud à son mouchoir.* — Voilà qui m'y fera penser.

MADAME. — Maintenant, pouvez-vous, autant que vous le permettra la pudeur, et en gazant, me donner quelques détails sur votre lippée? — Je n'ose vous demander si vous aviez gardé vos vêtements pour cette saturnale.

MONSIEUR. — Ne vas-tu pas croire que nous nous étions mis tout nus comme dans le tableau de l'*Orgie romaine*?

MADAME. — Qui sait?... En réminiscence de vos études classiques!!! Mais, passons sur ce point. Veuillez me dire le menu de cette boustifaille.

MONSIEUR. — Oh! une boustifaille à cinquante-trois sous par tête (cure-dents compris); il n'y avait vraiment pas de quoi échanger son pantalon contre une culotte... Enfin, soit! Ecoute. D'abord, beurre, sardines, olives, saucisson de Lyon et, après les hors-d'œuvre... toast à Molière.

MADAME. — Molière!... Quel rapport y a-t-il entre Molière et vous, un ex-débitant de flanelle, ainsi qu'avec Beautendon, bandagiste? Je ne dirai pas la même chose de M. Mouilledoit, que sa femme trompe, oh! mais... trompe à faire croire qu'elle y est obligée par son contrat de mariage. Oui, entre Molière et Mouilledoit, il y a rapprochement, similitude sur un point, et je comprends que Mouilledoit boive à Molière... Mais vous, monsieur, vous ?

MONSIEUR. — Dame ! que veux-tu que je te dise, moi ? C'est l'habitude, voilà tout. On n'est pas plutôt assis qu'il prend l'envie à un monsieur de se lever, le verre en main et de prononcer d'un ton grave : « Messieurs, à Molière ! » Alors, on répond : « A Molière ! » d'autant plus volontiers que c'est un des toasts que la police tolère... Ah ! on y regarderait à deux fois, si, par exemple, c'était : « A la décentralisation ! » parce que la chose aurait une portée d'autant plus grave que, comme je le disais tout à l'heure, à cinquante-trois sous par tête, on n'est pas excusable d'ébranler la France, en alléguant un cerveau troublé par les vins généreux.

MADAME. — Bien ! passez, je ne veux pas creuser ce « A Molière ! » qui me semble louche... Continuez :

MONSIEUR. — Bœuf aux tomates qu'on a mangé dans le plus profond silence.

MADAME. — En silence ! Pourquoi ? Puisque vous étiez tous d'anciens camarades de pension. Ce n'était pas, j'imagine, pour vous arracher les yeux que vous vous réunissiez.

MONSIEUR. — Ah ! je vais te dire. Bien souvent il arrive qu'on ne s'est pas rencontré depuis vingt-

cinq ou trente années, alors on ne se reconnaît
pas... parce que, trente années de plus sur la tête
d'un enfant, ça le change... On passe donc son
temps à s'examiner les uns les autres en se de-
mandant : Quel est ce pierrot-là? Tiens! moi, je
suis resté jusqu'au fromage sans me douter que
j'étais à côté de mon ancien voisin de pupître... et
devine un peu à quoi je l'ai reconnu? Grâce à mon
nez et à une mauvaise habitude qu'il avait à la
pension, une sorte de laisser-aller qui ne lui faisait rien garder pour lui... Aussi, mon nez m'ayant
donné l'éveil à certain moment, je me suis dit :
« Je connais ce miasme-là ! » j'ai interrogé mes
souvenirs et, aussitôt, je me suis écrié : « Tu dois
être Cruchonard, mon ancien voisin de pupitre en
1841 ? » Et c'était la vérité! Je ne m'étais pas
trompé. (*Riant.*) J'avoue que, sans sa particularité,
je ne l'aurais guère reconnu... Figure-toi qu'il est
devenu chauve, oh! d'un chauve que c'est hideux
à voir.

MADAME. — Je te conseille d'en parler ! Avec ça
que tu as des cheveux à revendre... Tu as bon air
à faire le dégoûté.

MONSIEUR. — Oui; mais, moi, c'est sur ma tête
et je n'en vois rien. (*Continuant.*) Quant à mon
voisin de droite, autre affaire!... En ! entendant

13

appeler « baron » ou bien : « Monsieur *de* Rieux
du Biton *des* Carnes, pouvais-je me douter que
c'était le même qui, en pension, se nommait tout
simplement « Glaireux », comme son père, un
ferblantier... Pour s'expliquer sur son changement
de nom avec moi, il m'a dit que c'était Napoléon III
qui l'avait exigé un jour qu'il voulait le présenter
à Marguerite Bellanger... Il paraît que l'ex-empe-
reur l'avait à la bonne, car, à l'exposition de 1867,
il lui a donné la croix pour avoir trouvé le moyen
radical de détruire les puces.

MADAME. — Tu aurais dû le lui demander, son
moyen radical.

MONSIEUR. — C'est ce que j'ai fait. Vous prenez
une chaudière dans laquelle vous mettez les ma-
tières suivantes dans les proportions ci-dessous :

Noir animal	10/4
Cirage	10/3
Savon noir.	10/2
Sirop de sucre.	10/4

Vous faites cuire et réduire le tout jusqu'à con-
sistance de pommade, et vous obtenez une sub-
stance gluante et du plus beau noir. Vous vous dé-
pouiiiez alors de toute espèce de vêtements, et
vous commencez à vous enduire le corps jusqu'à

ce que la couche ait atteint 2 centimètres d'épaisseur. Luisant et noir comme un nègre, vous entrez dans votre lit, auquel vous avez eu là précaution de mettre des draps bien blancs... et vous feignez le plus profond sommeil. — Cette masse noire sur le fond blanc ne tarde pas à surprendre la puce, déjà alléchée par l'odeur du sirop de sucre ; bientôt elle descend pour s'en rendre compte et vient s'engager sur cette matière visqueuse, dont elle fait alors de vains efforts pour se dépêtrer. — Vous attendez ainsi que le nombre des prisonnières ait grossi, et quand la quantité vous paraît suffisante, vous sortez précipitamment du lit et vous allez vous plonger dans une cuve d'eau bouillante à 100 degrés. Cette immersion subite dans le liquide brûlant cause leur trépas.

MADAME. — C'est pour cette invention-là qu'on a donné à ton ami l'étoile des braves ?

MONSIEUR. — Sans doute, et je te prie de croire que, sous l'Empire, il en a été distribué de bien moins méritées.

MADAME, *revenant à son sujet.* — Bref, à ce dîner, quand vous avez été tous bien gavés, on s'est amusé à dire du mal des femmes.

MONSIEUR. — Mais non, pas du tout, où vas-tu t'imaginer cela ?

MADAME. — Avec ça que les hommes s'en pri-
vent quand ils sont entre eux... il semble que les
obscénités les étouffent ; c'est à qui vomira les
plus fortes et les autres rient comme des brutes
(*Secouant la tête.*) Je ne sais quoi me dit, monsieur
Duflost, que vous devez être une célébrité dans ce
genre. On vous appellerait même « Le Piron du
dix-neuvième siècle » que je n'en serais nullement étonnée.

.MONSIEUR, *surpris.* — Dis donc, toi, où diable as-
tu appris à connaître Piron ?

MADAME, *sévère.* — Veuillez, je vous prie, ne pas
chercher à détourner la conversation. Revenez à
votre banquet... Donc, vous osez me soutenir que
vous n'avez ni ri, ni plaisanté, ni chanté.

MONSIEUR. — Je n'ai pas soufflé un mot de cela.
Je ne veux pas prétendre qu'on ait été d'une gaieté
folle, mais on s'est un peu déridé au gruyère...
quand Ducoudray, à la prière générale, nous a ré-
cité une de ses fables.

MADAME. — Une ordure, je le gagerais.

MONSIEUR. — Non. Tout au plus une drôlerie ;
mais nous étions entre hommes.

MADAME. — Que vous n'oseriez pas répéter devant votre femme.

MONSIEUR. — Pourquoi pas? Si tu y tiens le moins du monde? La voici :

Une dame avait le hoquet.
(Chacun sait qu'une peur subite
Peut couper ce mal au plus vite.)
Son voisin lâcha donc un pet.
Par malheur, il força la gamme.
Le hoquet passa, mais la dame
n resta sourde comme un pot.

MORALITÉ.

L'excès en tout est un défaut.

Après cette fable, Mouilledoit nous a chanté une chanson de son cru sur notre PENSION POTOLENGO, et dont le refrain était :

Où, durant cette vie,
La camaraderie
Survit-elle à gogo?
(*En chœur*) Chez les Potolengo.

Mais ce qui a été vraiment le plus drôle, c'est tout à la fin. Nous étions là trente-quatre qui, pendant six années de pension, étions censés avoir pioché le grec. Quand nous avons essayé de dire en grec : « garçon, apportez l'addition » nous avons eu beau nous y mettre à trente-quatre, nous n'avons

jamais pu arriver à traduire la phrase. Et devine
qui nous a tiré de peine? C'est le garçon qui nous
avait servi... il paraît que c'est un ancien grand
prix d'honneur.

MADAME. — Avec son prix, il en est arrivé là?

MONSIEUR. — L'instruction mène à tout. Enfin,
nous nous sommes séparés après avoir juré de revenir, l'an prochain, à pareille date, nous ennuyer
ensemble. (*Tout en parlant, M. Duflost a tiré son mouchoir pour se moucher.*) Tiens! un nœud! Je l'aurai
fait pour me rappeler quelque chose. (*Cherchant.*)
Quoi donc? Quoi donc?

MADAME, *l'aidant.* — De me conduire demain
au théâtre.

LA QUESTION DES ÉTRENNES

(CELLES A DONNER)

LA QUESTION DES ÉTRENNES

(CELLES A DONNER)

M. Duflost, dans la dernière quinzaine de décembre, a passé une ma-
tinée devant son bureau à poser des
chiffres, à faire des additions, des
soustractions, et, surtout, de nom-
breuses ratures. Bien des fois il a été
consulter sa caisse et compter son

numéraire en faisant une mine fort
grise. Enfin, il se lève et se présente
devant sa femme, tenant à la main le
papier sur lequel il s'escrime depuis
son lever

MONSIEUR, *d'un air moins que satisfait.* — Je viens
de dresser la liste des étrennes que nous aurons à
donner, et, en allant à la plus sévère économie...
j'arrive encore au chiffre de 916 francs !

MADAME, *bondissant.* — 916 francs d'étrennes !!!
Est-ce que tu en envoies dans les colonies ???

MONSIEUR. — Ecoute le détail. D'abord, 30 francs
à notre concierge.

MADAME, *scandalisée.* — 30 francs !! Tu veux donc
nous compromettre ? En recevant une aussi
énorme somme, cet homme va s'imaginer que
nous nous cachons de la police... que nous ache-
tons son silence. — Mets une simple pièce de
10 francs, ce sera suffisant.

MONSIEUR. — Mais le locataire du premier étage
lui donne 50 francs.

MADAME. — Parbleu ! oui... sa femme reçoit des
processions d'amants.

MONSIEUR. — Est-ce bien pour ce motif que le
mari se montre aussi généreux ?

MADAME. — Ah ! le pauvre cher homme, il ne se doute de rien. C'est sa femme qui, redoutant les indiscrétions du portier, aura stimulé la prodigalité maritale. (*Avec fierté.*) Une honnête épouse, qui passe la tête haute devant la loge de son concierge, ne doit pas plus de 10 francs d'étrennes, sache-le bien pour ta gouverne.

MONSIEUR, *cédant.* — Va pour 10 francs. Maintenant, j'ai inscrit pour 2 francs chaque garçon de nos divers fournisseurs : épicier, boulanger, fruitier, boucher, etc., qui nous montent nos provisions.

MADAME, *sévèrement.* — Jamais je n'encouragerai l'inconduite de notre cuisinière ! A quelque heure que j'entre dans la cuisine, je trouve cette fille à rire en compagnie d'un de ces garçons... Je veux bien être bonne, mais je ne tiens pas à être ridicule... Tu n'obtiendras jamais de moi, je te le répète, que j'encourage par des pièces de deux francs les amoureux de cette créature... A propos d'elle, je me plais à croire que tu ne l'as pas inscrite pour des étrennes?... Je ne puis faire cette injure à ton respect des bonnes mœurs.

MONSIEUR. — Si, je l'avais portée pour 20 francs.

MADAME. — Dès ce soir je lui donnerai ses huit jours. — Donc, à biffer, cuisinière et garçons.

MONSIEUR. — Alors, je supprime aussi les ouvriers vidangeurs qui, tous les ans, ont l'habitude de se présenter dans les maisons.

MADAME. — Tu ne vas pas me dire aussi que ceux-là nous montent leur marchandise à la cuisine.

MONSIEUR, *continuant.* — Au facteur, cent sous.

MADAME. — Pour quatre lettres qu'il nous a apportées dans l'année... quatre, je les ai comptées... c'est un peu cher... ça met la lettre à 25 sous.

MONSIEUR. — Oui, mais il t'offre un almanach.

MADAME. — Soit ! Qu'il ait ses 5 francs... Seulement, en les lui donnant, tu verras, s'il t'en reste, à lui passer les pièces italiennes ou suisses qui n'auront plus cours au 1er janvier.

MONSIEUR, *poursuivant.* — Quatre cuisinières à 10 fr. par tête, ci 40 fr.

MADAME, *surprise.* — Où prends-tu ces quatre cuisinières-là ?

MONSIEUR. — Dans les quatre maisons amies où nous avons le plus dîné en ville pendant cette année.

MADAME, *d'un ton grave.* — Ainsi, Duflost, peu t'importe de faire injure à des amis ou de passer pour un goinfre !... Oui, oui, fais les yeux ronds et ta bouche en queue de poule comme si tu ne

comprenais pas ; je ne me laisse plus pincer à ta
comédie ; tu sais parfaitement ce que je veux
dire... Est-ce que ces dix francs glissés dans la
main de ces cuisinières de nos amis ne signifient
pas : « Soignez-nous bien quand nous viendrons, »
et alors vous vous posez en goinfre... ou bien :
« Sortez de l'ordinaire pour nous, » ce qui prouve
que vous traitez de gargote la maison qui vous hé-
berge. — Donc ne rien donner à leur cuisinière,
c'est montrer à ceux qui nous reçoivent notre parfaite confiance en leur vif désir de nous bien traiter.
— Offrir sa table à des amis c'est entreprendre
leur félicité gastronomique... Telle est ma devise
et telle aussi je la suppose pratiquée par les
autres.

MONSIEUR, *riant*. — Oh ! ta devise !... Tu fais ma
joie avec ta devise que tu me pousses quand nous
sommes entre nous deux... Elle est jolie ta félicité
gastronomique ! Toi qui me disais l'autre jour, au
plus fort de la neige et du froid : « Si nous profi-
tions de ce temps-là pour rendre tous les dîners
que nous avons reçus ? Nous nous en tirerions avec
un lapin ou un gigot en prétendant que les neiges
et le froid ont interrompu les approvisionnements
de Paris... et tu ajoutais que, devant nos convives,
tu dirais : « Ce matin, aux halles, j'offrais cent francs

à celle des marchandes qui me fournirait un tur-
bot, » et, toutes, me répondaient : « Pour vos cent
francs vous ne trouveriez pas même une laitue. »
— Hein ! Te souviens-tu que tu devais lâcher cette
blague-là ? (*Riant encore.*) Ne viens donc plus me
parler de devise et de félicité gastronomique...
Ah ! je la vois d'ici la félicité que tu leur aurais
procurée avec un lapin et cinq sous de gruyère.
En sortant de chez nous, nos convives seraient en-
trés chez le boulanger pour y acheter un petit
pain.

MADAME, *revêche.* — Je ne croyais pas être aussi
comique en voulant faire des économies... surtout
quand je prévoyais les folies que votre vanité vous
entraînerait à commettre pour les étrennes.

MONSIEUR. — Jusqu'à ce moment, tu leur as déjà
pas mal tordu le cou à mes prodigalités de premier de l'an... Je continue la lecture de ma liste...
A madame Pitalon (qui, cet été, t'a offert le voyage
à la mer), une boîte de bonbons de chez... je ne
sais pas encore de chez qui... mais je choisirai un
confiseur en renom... une boîte de 40 francs.

MADAME, *souriant de pitié.* — Comme c'est bien
trouvé !... Des bonbons à quelqu'un qui allait
à Trouville pour son mauvais estomac.

MONSIEUR. — Alors, avec ma boîte, elle offrira

des étrennes à un autre... mais je n'en aurai pas moins fait la politesse (*Poursuivant.*) à Clarinet...

MADAME. — Comment! vous donnez des étrennes à cet acteur?

MONSIEUR. — De même que tu as compté les lettres apportées par le facteur, j'ai fait le compte des places de théâtre que, pour nous ou pour nos amis, nous avons soutirées à Clarinet... à « *Mon très cher Monsieur Clarinet.* » comme tu l'écrivais en tête de toutes tes lettres pour demander des places... En lui offrant une canne d'une quarantaine de francs, je lui rembourse ses places à raison de 19 centimes... Est-ce que tu trouves encore que c'est une folie ?

MADAME, *nerveuse*. — Allez, allez, je ne discute plus. Ce n'est pas d'aujourd'hui que je sais qu'on ne fait pas boire un âne qui ne veut pas boire... il vous plaît de donner à droite et à gauche, donnez donc... jetez même nos meubles par la fenêtre... Tenez, j'ai mes bijoux, voulez-vous que je vous les apporte? Vous les distribuerez aussi à des cuisinières...

MONSIEUR, *continuant*. — A mon oncle Rambricher, un bronze de dix louis.

MADAME, *avec fureur*. — Oh ! à celui-là, jamais !

jamais !!! pas même un haricot gâté, je vous le défends.

Monsieur. — Mais au contraire, mieux vaut donner à lui qu'à tout autre, car ça nous reviendra toujours, attendu que je suis son unique héritier... Et puis, qu'as-tu donc à lui reprocher à ce bon vieillard de quatre-vingt-seize ans?

Madame. — Sa mauvaise foi ! Est-ce qu'on vit jusqu'à 96 ans !...

Monsieur. — Nous ne pouvons pourtant pas, un dimanche, sous prétexte de lui faire prendre l'air, le conduire à l'abattoir.

Madame. — Non ! on ne vit pas jusqu'à 96 ans lorsqu'on est dans son cas ! Quand il a été question de nous marier, le notaire, pour décider papa, lui avait fait reluire ton oncle comme des *espérances* prochainement *réalisables,* car il avait déjà 75 ans... Et depuis vingt années il vit sans penser à dégager la parole du notaire !... Agir ainsi, c'est le propre d'un homme de mauvaise foi.

Monsieur, *sans discuter le plus ou moins fondé de cette réclamation, veut reprendre sa lecture, mais madame l'empêche de continuer en s'écriant :*

... Au fait j'en ai assez de ta liste qui donne bêtement à tous les chiens coiffés et qui, j'en suis cer-

taine, a oublié la seule personne à laquelle tu
doives des étrennes.

Monsieur. — Quelle personne?

Madame. — Moi, parbleu!... que, je le jurerais,
tu as omise.

Monsieur. — Voilà qui te trompe; car c'est toi
qui fermes la liste. J'ai même eu l'idée ingénieuse
de faire d'une pierre deux coups en créant deux
heureux à la fois... Oh! non je ne t'ai pas oubliée,
va!

Madame, *radoucie*. — Ah! alors, lis bien vite,
mon bon chat.

Monsieur. — Tiens, écoute : **A ma chère
et bien aimée femme...** 25 mètres de flanelle de
santé irrétrécissable.

Madame, *surprise*. — De la flanelle!... Pourquoi
faire?

Monsieur. — Pour me faire des gilets.

LA QUESTION DES ÉTRENNES

(CELLES A RECEVOIR)

LA QUESTION DES ÉTRENNES

(CELLES A RECEVOIR)

Depuis ce matin, madame Duflost
est restée dans le salon, où elle a fait
ses cent tours mystérieux. Son époux,
un peu par curiosité et beaucoup par
mauvaise humeur, y pénètre brusquement en s'écriant :

— Ah! çà, quelle est cette nouvelle lubie? Voilà
notre cuisinière qui me dit que tu lui as défendu de
faire aujourd'hui du feu dans mon cabinet?

Madame, *sèchement*. — Au prix où est le bois, je juge inutile de le gaspiller dans toutes les cheminées... Il suffit, aujourd'hui, que notre salon soit, seul, bien chauffé.

Monsieur, *promenant ses regards autour de lui*. — Tiens! mais quel mic-mac fais-tu donc ici? Notre salon a l'air d'une boutique de brocanteur.

Madame.—J'organise mon exposition d'étrennes. C'est une manière de dire : « *Ne m'oubliez pas* » aux visiteurs qui viendront aujourd'hui, car c'est mon mardi de réception.

Monsieur, *naïvement*. — Mais quelles étrennes peux-tu avoir déjà reçues, puisque le premier de l'an n'arrive que dans trois jours?

Madame, *avec dédain*. — On voit bien que vous ignorez les usages du grand monde, qui a adopté la mode russe, c'est-à-dire de donner les étrennes à Noël... Aussi, comme nos visiteurs d'aujourd'hui pourront aussi s'étonner de ces étrennes prématurées, c'est vous que je charge de leur glisser, adroitement, entre deux phrases : « Ma femme a adopté la mode russe que suit le grand monde. » Alors ils comprendront ces étrennes exposées... (encore un usage du grand monde)... et, en les voyant magnifiques, ça leur donnera la note juste de la valeur des cadeaux qu'ils ont à m'offrir.

Monsieur, *riant.* — Dis donc, il ressemble pas mal à un chantage, ton usage du grand monde.

Madame, *sévèrement.* — Un chantage! Au lieu d'aller chercher vos mots d'estaminet de bas étage, vous feriez mieux de m'aider... Tenez, prenez ces dentelles et étalez-les sur le dossier de cette chaise.

Monsieur. — Qui diable t'a donné ces dentelles?

Madame, *avec un sourire de pitié.* — Ah! vous êtes bien de votre village!... J'ai écrit à ma marchande de dentelles de m'en envoyer un choix pour cadeau à faire. Après le premier de l'an, je les lui renverrai en disant que la personne à laquelle je les destinais est morte d'une chute sur le verglas... Vous comprenez qu'en les voyant là exposées, ça donnera une idée à celui qui cherche ce qu'il peut m'offrir... Le col lui fait penser aux manchettes, etc., etc.

Monsieur, *gaiement.* — Elle est drôle, ta manigance.

Madame. — Portez ce carton à manchon sur le fauteuil.

Monsieur. — Tiens! il est vide!

Madame. — Croyez-vous qu'on aura l'indiscrétion de l'ouvrir?

Monsieur. — Ah! par exemple, je suis curieux de

savoir ce que tu comptes faire de ces trois paires de vieux draps?

MADAME. — Vous allez prendre ces grandes feuilles de papier bleu et ces rubans roses, puis vous en envelopperez les six draps séparément... et très hermétiquement. Cela jouera bien des robes en pièce.

MONSIEUR, — *s'écriant, après s'être tapé sur le front.* — Sapristi! voilà que je me souviens! (*Secouant la tête.*) J'ai bien peur, ma bonne, que la plus grande partie des visiteurs, que tu attends aujourd'hui, te fasse faux bond! — Les Durachaud sont retenus au logis par une bronchite de leur fils... Madame Pitalon a un gros rhume qui la met au lit... Leduc s'est donné une entorse en patinant... et, ce matin, les Mouilledoit m'ont écrit qu'ils partaient pour Etampes, où ils vont passer le premier de l'an chez une tante à héritage. Quant à Ducoudray, son intention, je le sais, est de te dédier une fable. (*Cherchant.*) Je ne vois donc plus personne que tu pourrais pincer dans ton traquenard.

MADAME. — Et votre ami Cavignol?

MONSIEUR. — Lui!!! Ah! le pauvre garçon! S'il t'offre un paquet de cure-dents frais, ce sera tout le bout du monde. (*Riant.*) Là, vrai! tu aurais bien

tort de compter sur lui pour une robe en point
d'Angleterre... il est plus décavé que Job.

MADAME. — Vous m'avez dit vous-même qu'il
avait toujours son porte-monnaie ouvert pour ses
amis...

MONSIEUR. — Oui, mais c'est pour que les amis
en question y glissent un ou deux louis.

MADAME, *avec mépris.* — Alors, quand on n'a pas
le sou, on ne vient pas dîner chez le monde.

MONSIEUR. — Au contraire, ma chérie, c'est justement parce qu'on n'a pas le sou qu'un dîner en
ville fait plaisir... Avec ça, que nous ne pouvons
guère reprocher à Cavignol ces dîners où tu lui fais
une mine ! Quelle mine !... Sans parler des jours
de gigot dont tu lui sers invariablement ce morceau qu'on appelle la souris.

MADAME. — Je lui conseille de se plaindre ! La
souris était le morceau favori de Napoléon Ier.

MONSIEUR. — S'il l'aimait, il avait grandement
raison de s'en régaler... Mais tu reconnaîtras que
ce despote, qui se faisait un tapis de la tête des rois
aplatis à ses pieds, était libre, si l'envie lui en eût
pris, de se couper une tranche dans la noix du
gigot... Tandis que Cavignol, lui, n'a pas d'autre
choix à faire que de broyer péniblement sa souris
ou de ne rien manger... car, à défaut du gigot, tu

14

lui marchandes même les haricots ! (*S'attendrissant.*)
Oui, le haricot, cette consolation de l'infortune,
qui, alors qu'un malheureux se désespère, aban-
donné, dans sa mansarde délabrée, lui soupire
d'une voix amie : « Tu n'es pas seul... Bon courage ! »... et qui, après l'avoir consolé, le distrait
de ses peines. (*Avec âme.*) Car, vois-tu... le haricot,
Louloute, c'est le piano du pauvre !!!

*L'émotion de M. Duflost est coupée par l'entrée de la
cuisinière qui annonce :*

— Madame, voici une visite. Vous savez? c'est
ce monsieur que vous appelez le Meurt-de-faim.

Monsieur, *à la cuisinière.* — N'en dis pas de mal,
ma fille, car, sans lui, tu n'aurais jamais mangé, à
la cuisine, que les plus mauvais morceaux.

Madame. — A-t-il quelque chose dans les mains?

La cuisinière. — Oui, un paquet bien enveloppé
de papier... J'ignore ce que c'est, mais ça m'a tout
l'air d'être lourd.

Madame, *vivement.* — Fais entrer.

*Apparition de Cavignol avec son paquet. — A la vue
des cadeaux encombrant le salon, il reste interdit.*

Madame, *gracieuse.* — Mais arrivez donc, cher
monsieur Cavignol. Nous parlions de vous à l'instant... Vous devenez rare... A ce moment de l'année où l'on est si heureux d'embrasser ses meil-

leurs amis; mon mari avait l'intention de passer demain chez vous pour s'informer de quel droit vous nous priviez de votre présence. J'en étais à me demander en quoi nous avions démérité dans votre haute estime. (*A son mari.*) Mais à quoi donc pensez-vous, Duflost, pour laisser ainsi M. Cavignol debout.

CAVIGNOL, *vivement*. — Non, non, ne dérangez pas pour moi toutes ces belles choses qui s'étalent sur vos sièges.

MONSIEUR, *obéissant à la consigne*. — Ma femme, mon cher, a adopté la mode russe qui avance les étrennes au jour de Noël.

MADAME. — Tenez, Duflost, débarrassez donc ce fauteuil de son cachemire en sa boîte.

MONSIEUR, *à part*. — Il est joli le cachemire! c'est la couverture de la cuisinière.

CAVIGNOL. — Vous avez reçu, paraît-il, de magnifiques cadeaux.

MADAME, *négligemment*. — Oh! quelques souvenirs d'amitié... ou de digestion. (*A part.*) Qu'est-ce qu'il peut bien m'apporter dans ce papier? (*Aimable au possible.*) Vous savez que vous êtes notre prisonnier... Puisque nous vous tenons, vous nous ferez l'honneur de dîner avec nous... N'est-ce pas?

CAVIGNOL. — Avec plaisir, madame... et j'ajoute-

rai que votre aimable invitation m'encourage à vous
offrir ce don d'une amitié sincère.

Il développe son paquet.

MONSIEUR, *à part.* — Le pauvre garçon se sera
fendu en quatre... Ce doit être quelque plume
d'autruche qu'il lui apporte pour mettre sur son
chapeau.

Le cadeau apparait enfin.

MADAME. — Un gigot ! ! !

CAVIGNOL. — Et j'ai prié le boucher d'en déta-
cher la souris, morceau qui aurait déparé ce présent que je dépose à vos genoux.

MADAME, *à part, avec rage.* — Toi, si tu remets le
pied dans la maison, ce sera que nous serons démé-
nagés ! ! !

A PROPOS DU SALON

A PROPOS DU SALON

Tout heureux de prouver son empressement à faire plaisir à sa femme,
M. Duflost avance la proposition suivante:

— Si tu veux, ma louloute, nous irons aujour-
d'hui visiter le Salon de peinture. On dit grand
bien de l'exposition de cette année.

MADAME, *d'un ton sec.* — Vous ne pourrez donc

jamais, de votre vie, ne fût-ce que pendant une minute, une seule minute, vous résoudre à être franc. (*M. Duflost ouvre des yeux énormes de surprise.*) Oh! ne feignez pas l'étonnement, je vous prie. N'entreprenez pas de me persuader que vous n'avez nulle souvenance de l'horrible migraine que, l'an dernier, j'ai rapportée de l'exposition, où votre despotisme m'avait traînée!... Avouez donc carrément que vous souhaitez de me voir malade.

MONSIEUR. — Te voir malade! mais dans quel but, ma chère amie?

MADAME. — Dites-moi donc en face que vous n'avez pas intérêt à me donner une migraine qui vous permettra d'aller, ce soir, courir la prétantaine avec votre très cher ami Mouilledoit. J'en suis certaine, ce gredin doit avoir déjà organisé quelque partie carrée où, en sortant du Salon, vous apporterez une imagination surexcitée par la vue de toutes les nudités que MM. les peintres se complaisent à exposer.

MONSIEUR, *franchement.* — Oh! oh! ma bonne, que vas-tu t'imaginer là!

MADAME, *convaincue.* — Inutile de protester, monsieur Duflost. Chez moi, c'est une certitude acquise que le dévergondage des idées vous pousse au Salon... J'ai vu ce que j'ai vu, sachez-le.

Monsieur. — Et qu'as-tu vu?

Madame. — Je n'ai pas oublié, croyez-le bien, votre extase de l'an dernier devant le tableau de Joseph et Putiphar. Vous ne pensiez pas à vous surveiller et moi j'observais votre physionomie. Tout, dans votre visage, trahissait votre désir coupable d'être à la place de Joseph!... Je lisais dans vos yeux que vous n'auriez pas laissé votre manteau dans les mains de la belle. (*Eclatant.*) Et j'étais à votre bras! Et, pas une seconde, la pensée de votre épouse n'est venue vous détourner de cette sorte d'adultère moral que caressait votre imagination dépravée. (*Tristement.*) Je sais que la religion commande de déposer ses peines au pied de la croix, mais il en est quelquefois qui font bien cruellement souffrir!... Je vivrais encore deux cents ans... non, ce n'est pas assez! deux mille ans... que je n'oublierai jamais votre regard qui, après s'être promené, tout ardent, le long de la croupe ridiculement exagérée de la Putiphar, est venu ensuite se poser sur moi, plein de reproches!

Monsieur. Ta! ta! ta! Où, diable! as-tu été chercher tout ce que tu me débites?

Madame. — Et elle vous avait mis en goût, cette Putiphar, car je me rappelle les stations que vous

m'avez imposées devant chaque « nu » que nous
rencontrions !... Je vois encore vos yeux qui lui-
saient comme des braises.

Monsieur. — Tu as vu ce qui n'était pas, je le
jure !

Madame. — Alors, expliquez-moi un peu ces
trois carafons d'orgeat bus par vous au café à notre
sortie du Salon ?

Monsieur. — Uniquement parce que la promenade, la poussière et la chaleur m'avaient
altéré.

Madame, *sèchement*. — Ayez donc au moins la
loyauté d'avouer que vous cherchiez à vous
éteindre... Le garçon de café vous regardait avec
stupeur ingurgiter votre orgeat... qui, du reste, ne
vous a pas réussi, car, à peine rentrés chez nous,
quand la migraine m'a contrainte de me mettre au
lit avant dîner, vous avez aussitôt décampé du domicile.

Monsieur. — Oui, pour te laisser reposer plus
tranquillement.

Madame, *se redressant, indignée*. — Pour aller
chez madame Putiphar, monstre !!!

Monsieur, *agacé*. — Brisons là. Je me défendrais
jusqu'à demain que tu ne voudrais pas entendre
raison... Donc, n'en parlons plus. Je croyais te

faire plaisir en proposant de te mener au Salon...

MADAME. — Dirait-on que votre Salon est le seul endroit où vous puissiez me conduire !

MONSIEUR. — Est-il un autre endroit qui te plaise ?

MADAME. — Sans doute.

MONSIEUR, *prenant son chapeau avec empressement.* — Nomme cet endroit, et je vais t'y conduire tout de suite.

MADAME. — Bien vrai ?

MONSIEUR. — Puisque je te le dis.

MADAME. — Alors conduis-moi à Rome.

MONSIEUR, *sursautant.* — Diable ! C'est toute autre chose que d'aller au Salon... c'est plus loin et plus cher.

MADAME, *avec un rire amer.* — J'étais bien certaine qu'en vous poussant au pied du mur, je vous verrais refuser.

MONSIEUR. — Dame ! mets-toi à ma place. Je comptais dépenser quarante sous pour nos entrées au Salon et voilà qu'il me faut débourser trois ou quatre mille francs pour Rome... Avoue qu'il y a un écart ?

MADAME, *sèchement.* — On ne marchande jamais quand il s'agit de la santé.

MONSIEUR. — Ah ! tiens ! c'est donc pour la santé qu'on va à Rome ?... Et pour la santé de qui irions-nous là-bas ? Je ne suis pas curieux, mais je voudrais bien le savoir.

MADAME, *haussant les épaules.* — Vous ne devez pas l'ignorer ?

MONSIEUR. — Pour toi ?

MADAME, *sévèrement.* — Vous qui savez que ma seule maladie est le dévouement conjugal, vous auriez dû immédiatement comprendre qu'il s'agit de vous.

MONSIEUR, *surpris.* — De moi ! Comment c'est moi qui suis malade.

MADAME, *sérieuse.* — Sachant combien vous vous effrayez facilement, le docteur n'a pas osé vous confesser la vérité et c'est à moi qu'il s'est confié... « M. Duflost, m'a-t-il dit, me semble avoir une vie pleine de contrariété... (DUFLOST *à part :* Oh ! oui!) Je crains chez lui un engorgement du foie. » Et il a ordonné l'eau de Rome en bains, douches et boissons.

MONSIEUR. — Ah ! ça, on a donc découvert des sources à Rome ? Depuis peu alors ?

MADAME. — Depuis deux mois. On parle surtout d'une source, dans les caves du Vatican, spéciale aux militaires, pour leur faire obtenir de l'avancement. Mais ce n'est pas celle-là, naturellement, que notre docteur exige que tu boives pour ton foie.

MONSIEUR. — Jamais! jamais! jamais! Ton docteur est un âne avec sa maladie de foie!!! Tiens, regarde. (*Il tire sa langue.*) On ferait des kilomètres avant de trouver une langue aussi saine que la mienne... Est-ce celle d'un malade du foie, je te le demande?... Nette et rose! On mangerait dessus!... Ah! non, par exemple, je n'irai pas prendre les 21 bains d'ordonnance.

MADAME. — Le docteur a dit que si les bains te répugnaient trop, tu pourrais les remplacer par des excursions en calèche aux environs de Rome.

MONSIEUR, *monté.* — Il peut aussi aller se coucher avec ses douches, ton médecin!

MADAME. — Suivant lui, les douches peuvent aussi se remplacer par une bonne table d'hôte dans le meilleur hôtel de Rome... C'est comme pour l'eau bue à la source, tu es libre de lui substituer l'orgeat.

MONSIEUR. — L'orgeat!!! Merci! Tu crierais encore que je cherche à m'éteindre. (*Réfléchissant.*) Ah! çà, si je peux supprimer du traitement boissons, bains et douches, que diable irai-je faire à Rome?

15

MADAME, *chatte.* — Tu en profiterais pour me faire visiter tous les environs... tiens, par exemple, Naples, Florence, Pise, Sienne, Milan, Gênes... On dit que tous ces environs de Rome sont charmants.

MONSIEUR. — Dis donc, toi, avec tes environs de Rome, c'est un voyage en Italie que tu demandes.

MADAME, *s'écriant.* — Ah! quelle idée tu me donnes! Au fait, oui, pourquoi pas ?

COURSES DE PRINTEMPS

COURSES DE PRINTEMPS

Madame, pour étrenner sa nouvelle robe de saison, s'est fait conduire aux courses de printemps par M. Duflost, qui avait des billets de tribune. — Par malheur, elle est mal placée, dans un coin qui ne permet pas d'apprécier sa toilette. Elle mordrait du fer, tant elle est de méchante humeur.

MADAME, sèchement. — Si j'avais une fille, je me garderais bien de l'amener ici !... Beau spectacle,

ma foi! que celui de ces hommes en culottes qui
leur collent sur les fesses !... Les sauvages ont au
moins une petite cotte qui leur cache ces histoires-
là... Si c'est ce que vous appelez de la civilisation,
mieux valait le temps où l'on se mouchait dans ses
doigts.

Monsieur. — Oui, mais nous n'avons heureusement pas de fille à conduire aux courses.

Madame. — Oh ! croyez bien que je n'y amène-
rais pas plus nos garçons.

Monsieur. — Bah ! à cause aussi des culottes
des jockeys?

Madame. — Ne faites donc pas la bête, monsieur
Duflost. Vous savez bien pourquoi.

Monsieur. — Non, sur l'honneur.

Madame. — Si, si, vous le savez... Depuis notre
arrivée, vous n'avez cessé de vous rincer l'œil de
la vue de toutes ces créatures éhontées qui se
vautrent en carrosse. Croyez-vous que l'imagination de mes fils ne s'échaufferait pas, quand on
vous voit, vous, homme d'âge, vous enflammer de
la sorte?

Monsieur. — Mais non, mais non, je ne m'en-
flamme pas du tout.

Madame, *sévèrement*. — Retirez vos lunettes et
donnez-les-moi.

MONSIEUR. — Mais alors, louloute, je n'y verrai plus rien.

MADAME. — Cela vous sera plus sain que de manger des yeux ces Phrynés impudentes qui insultent les honnêtes femmes par leur luxe... Tenez, là, à gauche, regardez cette grande brinde qui s'étale, avec son nez si retroussé qu'on lui voit la cervelle... et elle en a tellement peu qu'un lapin n'en voudrait pas... On dit qu'un monsieur l'a achetée 30,000 fr... Merci ! à ce prix-là, il a pu emporter la marchandise en plein jour ; personne n'a dû l'accuser de l'avoir volée... Trente mille francs de cette drôlesse qui se démonte en tant de morceaux que, le soir, sa femme de chambre ne doit plus savoir lequel il faut mettre dans le lit !... Regardez-la donc faire ses yeux sur le plat aux imbéciles qui entourent sa voiture... Que trouvent-ils donc d'extraordinaire à cette poupée à Jeanneton... Ils sortent donc de prison, tous ces idiots-là, pour se jeter sur un pareil morceau !! Je n'en voudrais même pas, moi, de cette longue perche, pour déboucher mon plomb... Ah ! elle descend de voiture... Oh ! oh ! quel pied !... Et elle a le pareil !!! Les deux suffiraient pour faire un pont !

MONSIEUR. — Elle est en vogue à cause de son grand chic.

MADAME, *se redressant.* — Son chic? Qu'entendez-vous par chic? (*Sèchement.*) Je n'ai donc pas de chic, moi?... Soyez franc une bonne fois... Dites que je n'ai pas de chic.

MONSIEUR. — Si, si, tu as du chic. Mais, tu sais qu'il y a chic et chic... Le tien est celui qui inspire le respect aux hommes; tandis que l'autre chic...

MADAME, *mécontente de cette définition vague de son chic, interrompt en s'écriant :* Assez, monsieur, et retirez vos lunettes.

MONSIEUR. — Mais, louloute, je vais devenir aveugle... Je ne verrai plus les courses.

MADAME. — Je vous les raconterai. — Ah! voici la première qui commence... Dieu! quelles bêtes! sont-elles maigres!... Si c'est comme ça qu'on croit encourager le monde à manger du cheval, elle est jolie leur amélioration de la race chevaline!... Ah! c'est pour exhiber cette marchandise-là qu'ils font les courses!

MONSIEUR. — Tu te trompes sur le but des courses, chère amie.

MADAME. — Mais c'est vous-même qui m'avez dit que c'était pour l'amélioration de la race chevaline.

MONSIEUR. — Oui, mais pas au point de vue de

l'alimentation... A propos de point de vue, si tu me rendais mes lunettes, je ne vois rien.

MADAME, *pudibonde.* — Et vous n'y perdez guère... ils sont là cinq jockeys qui galopent avec leur derrière en l'air... Je comprendrais cela si, sur le fond, était l'adresse du culottier, on pourrait croire à une réclame... mais non, c'est uniquement pour le plaisir de mal faire... Et dire que les sergents de ville ont l'air de ne rien voir... Cinq à la fois, c'est pourtant bien visible.

MONSIEUR. — Cette position-là n'a d'autre but que de soulager le cheval.

MADAME, *incrédule.* — J'ai vu manœuvrer tout un régiment de cuirassiers et pas un n'avait le derrière en l'air... même le colonel auquel son grade aurait pu permettre cette indécence... et, pourtant, ils auraient eu grand besoin d'être soulagés, ces pauvres chevaux, car cavaliers et leur ferraille pesaient autrement que ces cinq maigrelets, avec leur derrière en l'air... Mais qu'est-ce qu'ils attendent donc dans cette position-là ?... Ce n'est pas la croix, j'imagine... Ah ! c'est fini.

MONSIEUR. — Qui a gagné?

MADAME. — Un des cinq.

MONSIEUR. — Je m'en doutais... mais lequel?

15.

MADAME. — Allez-vous me fatiguer de vos questions.

MONSIEUR. — Alors, rends-moi mes lunettes.

MADAME. — Jamais !... Pour regarder les créatures, n'est-ce pas ? Tiens ! qu'est-ce qu'elles font à présent ? Les voici qui boivent et mangent dans leurs voitures avec des hommes... Est-ce que c'est le derrière des jockeys qui les a mises en appétit ?

MONSIEUR. — C'est l'usage aux courses. On appelle cela *luncher*.

MADAME. — Ça n'en est pas plus propre ! Elles ne mangent donc pas tous les jours, vos gouines, pour être aussi fières de s'empâter le bec en public. Je leur en ficherais du champagne, moi !... De l'eau de cuivre à récurer les casseroles leur conviendrait mieux... et tout le monde s'en trouverait bien. Vous allez me dire encore que ce gueuleton de gourgandines est aussi pour l'amélioration de la race chevaline... Ah ! voici la seconde course... Bon ! des chevaux encore plus maigres... Ça ne doit pas valoir cher, ces rosses-là ?

MONSIEUR. — Il en est qui valent jusqu'à 20,000 fr.

MADAME. — Allez donc conter cela à d'autres, Dufflost... Ils ne valent pas même pour le crin, puisqu'on leur a coupé la queue au *rasibus* que

c'en est indécent... Après les hommes, les chevaux,
c'est à qui montrera son derrière. (*Scandalisée.*)
Dieu me pardonne! voici vos haridelles qui se
mettent à uriner!... Nos pères allaient voir jouer
les grandes eaux de Versailles... Nous autres,
nous sommes descendus à nous complaire devant
cette urinade. (*Avec amertume.*) Je ne vous re-
mercie pas du spectacle auquel vous m'avez amenée. — Ah! voici d'autres jockeys! tiens, ils sont
un peu plus gras, ceux-là.

Monsieur. — C'est la course des *gentlemen-riders*,
des écuyers-amateurs auxquels leur fortune permet de se casser les reins... Tous ceux qui, à cette
course, montent à cheval descendent des Croisés...
C'est l'élite de la société française que tu vois à
califourchon.

Madame. — Espérons qu'ils seront plus conve-
nables que les autres.

Monsieur. — Il faut pourtant bien soulager le
cheval, ma louloute.

Madame. — Il y a la magnésie ou le ricin pour
ces cas-là... Ah! les voici qui partent... (*Tressautant
d'indignation.*) Comment, eux aussi!... eux dont les
aïeux se vantaient de n'avoir jamais montré que
leur visage à l'ennemi... et il y a des Anglais dans

la foule. (*Se levant.*) Monsieur Duflost, je ne resterai pas un instant de plus.

Monsieur. — Tu as tort de ne pas attendre la fin des courses. Rien n'est plus curieux que le défilé des voitures, surtout pour une dame. On se met dans un coin et on voit passer devant soi les modes nouvelles en robes et en chapeaux... Justement ton chapeau est un peu défraîchi... il a besoin d'un remplaçant.

Madame, *aimable.* — Tu trouves? (*Lui rendant ses lunettes*). Tiens, je m'en rapporterai à ton bon goût.

LE BAL DES CUISINIÈRES

LE BAL DES CUISINIÈRES

La pauvre madame Duflost, pour
avoir piétiné dans la boue du grand
dégel, a attrapé un bon gros rhume,
lequel, encore mal guéri, la retient
au coin du feu, ce qui ne contribue
pas à lui adoucir l'humeur. M. Duflost, obligé de rester perpétuellement
de garde au drapeau, a dû, par tous
les moyens possibles, chercher à dis-

traire son épouse. En ce moment, il
lui fait la lecture du journal.

MONSIEUR, *achevant le feuilleton.* — Tout à coup
il poussa un cri d'effroi; devant lui venait de surgir
un homme coiffé d'un chapeau à larges bords et couvert d'un ample manteau qui, ramené sur le visage,
ne laissait voir que deux blonds et fort touffus sour-
cils entièrement rasés.

— Veux-tu faire fortune? cria l'inconnu en présen-
tant au marquis un portefeuille.

Nous l'avons dit, pour conquérir l'amour de la baronne, le fier gentilhomme était décidé à tout.

— Que dois-je faire? dit-il.

— Gratte-moi le dos.

Et laissant tomber son manteau, l'inconnu décou-
vrit ses omoplates. Chose inouïe! sous son manteau,
cet homme était entièrement nu! (*La suite à demain.*)

MADAME, *émue.* — Brrr! J'en ai froid dans le
dos! Il a bien du talent, cet écrivain!... A présent,
passe aux Faits divers.

MONSIEUR, *lisant.* — « A propos de l'article que
» nous avons publié hier, M. Pluchet (Armand)
» nous écrit que ce n'est pas lui, mais son fils
» qui est mort. » — « Le fumiste Pécoli, dont

» nous avons raconté hier la chute terrible, est
» mort, ce matin, dans les bras de sa femme. »

MADAME, *attendrie*. — Pauvre femme ! que va-
t-elle devenir ?

MONSIEUR, *après réflexion*. — Veuve ! (*Il reprend
sa lecture.*) — « On nous télégraphie de Saint-
Etienne, 12 janvier : « On peut considérer la
» grève des mineurs de Firminy comme terminée.
» — A cent près, ils sont redescendus dans les
» puits. »

MADAME, *sèchement*. — Ce n'est pas cela qui me
guérira mon rhume... Continue.

MONSIEUR, *lisant*. — « La société des cuisiniers
» et cuisinières de Paris donnera lundi 19 janvier,
» salle Crémorne, à dix heures du soir, un bal au
» profit de sa caisse de secours. — Ce bal, le vingt-
» troisième que donne la Société, promet d'être
» très brillant. »

MADAME, *se redressant furieuse*. — J'aime à croire
que la police s'y opposera ! ! !

MONSIEUR. — Pourquoi, diable ! veux-tu que la
police empêche ces braves gens de danser ?

MADAME, *ironique*. — Ah ! te voilà bien, toi, monsieur de Saint-Nigaudinos ! ! Ne voyant jamais
plus loin que le bout de ton nez ! Toujours prêt à
gober toutes les bourdes qu'on te conte ! — Tiens !

grâce à ta sordide parcimonie, je ne suis pas riche, mais je parierais bien cinq ou six sous que tu croirais le premier farceur qui viendrait t'affirmer que, dernièrement, on a pêché une charrette dans la mer Rouge.

MONSIEUR. — Pourquoi pas? Puisque, jadis, l'armée de Pharaon a été engloutie dans cette mer avec tous ses bagages et son matériel, qu'y a-t-il d'extraordinaire à ce qu'on y trouve aujourd'hui des charrettes? Mais tout cela ne me dit pas pourquoi tu veux que la police s'oppose au bal des cuisiniers et cuisinières.

MADAME. — Est-ce que tu crois bêtement que ces gens-là se réunissent pour danser?

MONSIEUR. — Pourquoi donc alors, selon toi?

MADAME. — Pour comploter contre les bourgeois... Pour inventer de nouvelles carottes et se les communiquer... ils échangent leurs ruses nouvelles... La preuve t'en a crevé les yeux, mais tu n'as rien vu, oui, rien vu, car je suis certaine que tu n'as pas remarqué combien notre cuisinière Caroline est sombre et en dessous depuis une quinzaine.

MONSIEUR. — J'ai bien vu ce changement d'humeur mais je l'attribuais à ce que tu as refusé de lui donner des étrennes.

MADAME. — Ta! ta! ta! elle pense bien aux étrennes, ma foi!... et puis je les lui ai données ses étrennes et même fort belles, quand je lui ai dit : « Ma fille, pour votre nouvel an, je vous fais quitte de tout ce que vous avez cassé pendant l'année... cela monte à trois cents francs, mais j'en suis heureuse, car cela met plus de prix à cette preuve de ma satisfaction. »... Hein! tu vois bien qu'elle n'a pas lieu d'être mécontente à propos des étrennes... Non, va, son air en dessous vient d'une autre cause. Veux-tu que je te la dise, moi?

MONSIEUR, *curieux*. — Sans doute.

MADAME. — Depuis quinze jours, cette fille-là se creuse la tête pour trouver une fourberie nouvelle contre les bourgeois, quelque chose qui la pose, là-bas, quand elle la détaillera devant ses complices, à ce que tu appelles niaisement un bal et que, moi, je nomme un pique-nique de ruses ourdies contre les maîtres. (*S'animant.*) Leur bal! leur bal! J'en donnerais ta main à couper que ce n'est qu'un conciliabule pour trouver le moyen de faire payer le beurre cinq fois plus cher, tout en supprimant complètement son emploi dans la cuisine.

MONSIEUR, *doutant*. — Crois-tu? crois-tu? Il me semble que tu exagères un peu.

MADAME. — Avec ça que ta Caroline n'a pas

déjà tenté de nous faire un pot-au-feu sans viande... Quand je dis sans viande, je me trompe... Elle ne l'a pas osé pour son premier essai, mais elle y serait arrivée... Est-ce que tu ne te souviens pas de ce pot-au-feu composé moitié de viande de bœuf, moitié d'un bonnet de police... Une inspiration, venue du ciel, m'a fait, ce jour-là, écumer le bouillon... et j'ai découvert la ruse.

MONSIEUR, *conciliant.* — Ruse, non... dis plutôt accident. Caroline ne nous a-t-elle pas expliqué que son cousin le soldat était venu la voir, qu'il avait voulu se rendre utile en écumant le pot-au-feu, et qu'en se penchant trop sur la marmite, son bonnet de police avait glissé de...

MADAME. — Oui, oui, crois ça, si tu veux; mais moi, j'en suis pour ce que j'ai dit!... Ce bal, à ce que nous apprend le journal, sera le vingt-troisième!... et moi qui, justement, ce matin, me disais : « C'est drôle comme, depuis vingt ou vingt deux ans, tout a doublé de prix en cuisine! » Maintenant je m'explique cette cherté... elle a commencé après le premier bal de cuisinières.

MONSIEUR. — Allons, calme-toi; loin d'y avoir grand mal, je crois qu'elles se réunissent tout bonnement pour danser et rire un peu.

MADAME, *rageuse*. — Si j'étais la police, moi, je les ferais danser à ma façon, tes cuisinières.

MONSIEUR. — Bah! comment t'y prendrais-tu, ma bonne?

MADAME. — Je ferais cerner le bal, on empoignerait toutes ces gaillardes-là et, v'lan! une bonne fessée !

MONSIEUR, *retrouvant son rire*. — Oui, mais les agents te répondraient peut-être que tout leur temps est pris par des occupations plus urgentes.

MADAME. — Alors, je guetterais une grève de mineurs et je les ferais venir pour leur dire : « Vous ne savez à quoi vous occuper pour le moment? Eh bien! tapez là-dessus en attendant que vos compagnies aient mis les pouces. » Voilà ce que je ferais si j'étais la police.

MONSIEUR. — De sorte que, tout à l'heure, si Caroline te demande la permission d'aller à ce bal, tu la lui refuseras?

MADAME. — Tout net!

MONSIEUR. — Dis-toi d'abord que Caroline est une brave fille, qui t'est bien dévouée. Elle a ses défauts, j'en conviens, mais elle est encore la meilleure de toutes celles qui nous ont été fournies par les bureaux de placement.

MADAME, *indignée*. — Ah ! oui, parle-moi de tes

bureaux de placement! Quand je pense qu'un directeur de ces bureaux, en m'envoyant une cuisinière, a eu l'impudence de m'écrire : « Madame, je vous recommande cette fille *qui est restée quinze ans dans la même maison.* » Moi qui me méfie toujours, je vais aux informations et j'apprends que cette fameuse « même maison » était une maison de détention.

Monsieur, *conciliant.* — Au fond, ce placeur t'avait dit vrai... seulement il avait été un peu chiche de détails. Mais tout cela ne concerne pas Caroline qui est une fille dévouée, je le répète, à laquelle il serait cruel de retirer une occasion de s'amuser.

Madame. — C'est possible, mais je refuserai la permission... Rien ne m'en fera démordre !

Monsieur, *réfléchissant à mi-voix.* — Diable ! diable ! voici qui dérange mon plan.

Madame, *sèchement.* — Est-ce que ton plan était d'aller à Crémorne faire valser cette fille?

Monsieur. — Non, mais comme mon bijoutier est sur le chemin de Caroline allant à Crémorne, mon intention était de la charger de s'informer pourquoi on ne m'envoie pas le bracelet que...

La phrase de monsieur est coupée
par l'entrée de Caroline

CAROLINE. — Madame veut-elle bien me permettre d'aller ce soir au bal annuel des cuisinières?

MADAME. — Oui, ma bonne Caroline, et je regrette qu'il n'ait pas lieu deux fois par an, car cela eût doublé le plaisir que j'éprouve à vous accorder cette permission. (*A son mari.*) Duflost, donne lui 10 francs pour les petits frais qu'elle peut avoir à faire.

MONSIEUR, *à part*. — Bon! c'est encore moi qui la danse de 10 francs!!!

LE VOYAGE D'AGRÉMENT

LE VOYAGE D'AGRÉMENT [1]

(Depuis six mois, madame Duflost
tourmente son mari pour la conduire
à Londres. Le pauvre homme n'a
eu qu'à se souvenir de ce qu'avait été
leur excursion en Italie, c'est-à-dire
un tourment de toutes les heures,
pour savoir d'avance le peu de plaisir qui l'attend dans ce prétendu
voyage d'agrément, a longtemps résisté ; mais il lui faut enfin céder. —

(1) Imité de *Curtain's lectures, by Douglas Jerrold.*

Par trajet direct, le ménage arrive à
Londres et descend à l'hôtel.)

Première nuit. — A Londres.

MADAME. — Duflost, avez-vous regardé sous le
lit ?

MONSIEUR. — Pourquoi ?

MADAME. — Mais, pour les voleurs. Croyez-vous
que je vais dormir dans un lit étranger sans
prendre cette précaution?... Je suis sûre de ne
pas fermer l'œil de la nuit. (*Vivement.*) Tenez,
n'entendez-vous pas un bruit ?

MONSIEUR. — C'est le tic-tac de ma montre.

MADAME. — Et moi, je vous soutiens qu'il y a un
homme sous le lit... Qui sait ? peut-être toute
une bande de voleurs.

(*M. Duflost se lève et regarde sous le lit.*)

MADAME. — Il était inutile de vous lever, si vous
deviez le faire de si mauvaise grâce... Ah ! vous ne
prenez même pas la peine de dissimuler votre
féroce désir de me voir assassinée.

MONSIEUR, *agacé.* — Sacrebleu ! tu aurais bien
fait de laisser ton fichu caractère à la maison.
(*Bâillant.*) Ouah ! ouah !

MADAME. — Oui, bâillez impudemment... Vous
ne songez qu'à dormir ! Tout autre, à votre place,

veillerait sur le sommeil de sa pauvre femme qui a
été martyrisée par le mal de mer... mais, avec vous,
personne n'a le doit d'être malade ! — C'est une
bénédiction si je vis encore; il y a eu un moment
où j'aurais donné le monde entier pour être jetée
à la mer.

MONSIEUR, *d'un ton de doute.* — Euh ! euh !

MADAME. — Oui, je sais ce que signifie votre euh !
euh !... Ce n'est pas vous qui vous y seriez opposé,
n'est-ce pas ? C'était même peut-être là votre but ! ! !
Sans ce brave capitaine Fouillaf... Vraiment,
toutes les femmes qui font la traversée devraient
le bénir... il est si comme il faut... si attentif pour
ses passagères... en voilà un dont on doit être
fière d'être la femme ! Je ne sais pas comment,
sans lui, j'aurais pu descendre dans la cabine
quand ça m'est arrivé !

MONSIEUR. — Pourquoi ne m'as-tu pas prévenu ?

MADAME. — Vous prévenir !... Vous auriez bien
pu le voir ; c'était facile ; mais monsieur aimait
bien mieux se donner un air marin en allant fu-
mer des cigares et boire des grogs avec les matelots.
Si malade que j'étais, je ne vous ai point quitté de
l'œil... vous ne cessiez d'avoir le nez dans votre
verre... ne dites pas non, j'ai compté vos grogs...
SEIZE ! ! ! et bus à la santé d'étrangers, pendant

16.

que votre pauvre femme légitime rendait l'âme !!!
Ne cherchez pas à vous défendre en hurlant ainsi ;
oubliez-vous que vous n'êtes pas à Paris, où tout
le monde est habitué à vos scènes de violence? —
Ah ! oui, j'ai dû leur faire pitié dans la cabine des
femmes ! Pas une créature pour s'informer de
moi ! Tous les autres maris se tenaient inquiets
à la porte, attendant des nouvelles... mon amour-
propre d'épouse a été bien froissé !

Monsieur. — Je suis descendu trente fois.

Madame. — Vous mentez! Quand j'étais si mal
que je ne savais plus ce qui se passait autour de
moi, j'ai bien remarqué que vous n'étiez pas venu.

Monsieur. — Comme tu ferais mieux de te taire
que de conter de pareilles inepties.

Madame. — Me taire ! Non je ne me tairai pas !
Vous m'avez arrachée de ma maison... rendue
malade... traînée à l'étranger, et je n'ai pas le droit
de me plaindre?? Je voudrais bien savoir quelle
sera votre prochaine cruauté !! Vous levez le
masque parce que je ne suis plus protégée par les
lois de ma patrie... mais je vous échapperai... je
ne veux pas rester un seul jour à Londres... au
point du jour je m'embarque... et n'essayez pas
de me retenir, car je suis bien décidée à me jeter
par la fenêtre.

2e nuit. — A Boulogne.

(Le matin venu, le pauvre M. Duflost, n'ayant pu décider sa femme à
rester un seul jour à Londres, est allé
retenir les places pendant que madame faisait quelques achats aux
fournisseurs de l'hôtel. — Le soir, les
deux époux couchent à Boulogne.)

Madame. — Vous ne comptez sans doute pas
que je vous laisserai dormir pendant que je suis
mourante de peur dans cette chambre d'hôtel qui
n'a pas le plus petit verrou? — Ah! vos pareils ne
devraient jamais se marier!! Je ne m'attendais
guère à votre conduite, et je me disais avec espoir :
« En le faisant voyager, il apprendra peut-être la
politesse. » — Mais non... Duflost vous êtes et
mourrez Duflost. (*Avec un soupir de résignation.*)
Mon sort est d'être négligée toute ma vie, et j'y
suis résignée!! Vous ne cesserez jamais de fouler
aux pieds le malheureux ver de terre dont vous
avez fait votre femme! Vous me traitez en véritable Turc!!

Monsieur. — Bon ! je suis Turc à présent ! ! !

Madame. — Oui, vous souhaiteriez d'être Turc...
Un joli vœu devant une femme légitime... Avec
ça que vous en êtes capable !... Ah ! un joli Turc !
(*Eclatant.*) Ainsi, ce n'était pas assez de m'arracher
à mes foyers pour me donner en spectacle à toute
l'Angleterre, il vous a même fallu me faire insulter
par mes propres compatriotes ?

Monsieur. — Mon Dieu ! qu'ai-je fait encore ?

Madame. — Je vous conseille de feindre l'igno-
rance au lieu de rougir ! Votre conduite à la
Douane a été indigne ! Tout homme bien né
consent à faire un peu de contrebande pour sa
femme... Mais moi je suis seule sur cette terre !...
Pas seulement une douzaine de bas de soie dans
vos poches, tandis que tout le monde était em-
maillotté de dentelles et de châles.

Monsieur. — Et bien m'en a pris, car on m'eût
tout confisqué comme on vous l'a fait.

Madame. — A qui la faute, S. V. P. ? — Quand
les douaniers me transperçaient de leurs regards
d'espions, n'est-ce pas votre peur et vos tremble-
ments qui leur ont fait soupçonner mon petit em-
bonpoint ?

Monsieur. — Mais vous étiez plus grosse qu'une
tour !

MADAME. — Ah ! des insultes ! Voilà donc ma récompense d'avoir voulu aller à l'économie ! J'aurais eu mes enfants que je les aurais utilisés en leur fourrant un tas de choses, et je suis bien certaine qu'ils auraient eu plus de sang-froid que leur père, qui se donne partout pour un homme... Un bel homme ! en vérité... qui n'a pas même su faire respecter sa femme quand cet immense douanier moustachu lui farfouillait à pleines mains dans sa malle ! — A tout autre mari, le sang eût immédiatement fait les cent tours; mais vous, je vous regardais, tranquille comme Baptiste, quand il osa avachir mes bottines en y plongeant son énorme poing,

MONSIEUR. — Je ne pouvais pourtant pas l'assassiner. (*Avec douceur.*) Si nous dormions un peu ?

MADAME. — Je vous répète que je ne puis dormir derrière une porte d'hôtel sans verrou et mince comme une pelure d'oignon. (*Effray...*) Tenez, j'ai entendu marcher dans le couloir, il y a quelqu'un qui va chercher à s'introduire ! !

MONSIEUR. — Mais non, chère amie, c'est le vent.

MADAME. — Je serai seulement rassurée quand vous aurez poussé cette lourde commode contre la porte.

(*M. Duflost s'empresse d'obéir à ce désir.*)

MADAME. — En voyant la vigueur avec laquelle
vous avez soulevé ce meuble massif, vous venez de
me prouver combien peu vous m'aimez, puisque
vous n'avez pas daigné employer tantôt cette force
à me protéger, quand vos indignes douaniers m'ont
fait pivoter brutalement dans une autre chambre
pour y être fouillée ! Vous m'avez laissé emporter
sans me dire où je vous retrouverais... Votre but
était sans doute de me perdre. (*Avec force.*) Et
vous parlez de dormir après un tel acte ! ! ! Si vous
aviez un peu de cœur, vous ne dormiriez pas de six
mois ! — Je sais bien qu'il n'y avait là, pour me
fouiller, que des femmes, mais ce n'est pas la
question, car on ne m'eût pas plus maltraitée si
j'avais été une voleuse !

MONSIEUR. — Mais qu'y pouvais-je faire ?

MADAME. — Vous deviez défendre de me visiter
ou enfoncer les portes à mes cris... car ils étaient assez perçants pour être entendus... toute la ville de
Boulogne vous le dira ! Mais vous en avez sans
doute ri... Ne dites pas non... J'en suis sûre à présent que vous le niez. — Ah ! vous voulez dormir !
vous allez dormir à votre aise dans ce lit où je
vais vous laisser, car il est cinq heures et je me
lève. Je tiens à prendre le premier convoi. Dans
quelques heures je serai de retour à ce domicile

que je n'aurais pas dû quitter. Mon martyre n'aura pas cessé, mais au moins la présence de mes enfants pourra m'aider à supporter votre monstrueux despotisme. (*Voyant Duflost quitter le lit.*) Pourquoi vous lever, puisque vous avez tant besoin de sommeil ?

MONSIEUR, *résigné.* — Dame! il faut bien que je vous accompagne.

MADAME. — Dites plutôt que vous ne voulez pas laisser échapper votre proie.

3ᵉ nuit. — Retour au logis.

(Madame Duflost espérait être de retour chez elle à midi, mais le train, ayant trouvé la voie embarrassée, est arrivé à Paris après un retard de quatorze heures.)

MADAME. — Oui, oui, monsieur Duflost, je le sais, vous me l'avez déjà dit vingt fois, il est deux heures du matin, et vous avez sommeil. Vous trouveriez votre maison incendiée, vos enfants égorgés, votre femme en morceaux que, j'en suis certaine, votre seule préoccupation serait de savoir si l'on a

sauvé un traversin et votre bonnet de nuit ! Mais
moi, je ne puis dormir quand je revois mon domicile ainsi dévasté... Je croyais pouvoir me fier à
notre domestique ! Avez-vous vu dans quel état est
notre salon ? Il m'a semblé que deux fauteuils ont
disparu.

Monsieur. — Dormons-nous enfin ? saperlotte !

Madame. — Quand vous aurez juré comme un
portefaix, cela ne fera pas revenir ces fauteuils !...
Et les carreaux cassés, en savez-vous le nombre ?...
Je vous le laisse à deviner... Non, non, ne me dites
pas « demain », il faut que vous le sachiez ; car il
serait trop plaisant d'avoir fait un voyage de santé
pour revenir s'enrhumer chez soi dans les cou-
rants d'air de carreaux cassés... Voyons, avez-vous
trouvé ce chiffre ?

Monsieur, *agacé.* — Eh ! que m'importe !

Madame. — Voilà bien votre égoïsme ! Tout
vous est indifférent, parce que vous n'êtes pas sujet aux rhumes de cerveau... Il est vrai qu'il y a si
peu de chose dans votre cerveau !! Oh ! ne boxez
pas l'oreiller... je dis la vérité. — Le lustre de la
salle à manger m'a paru tout bossué... Avec sa tête,
cette fille-là briserait du fer... et ses mains ! Je
voudrais être à demain pour vérifier mes assiettes.
— Je n'ai pas osé compter nos couverts en ar-

gent... Il est vrai qu'ils sont sous clef. — Aussi, demain, je...

Monsieur. — Oui, demain ! demain ! Mais, pour Dieu ! dormons ce soir.

Madame. — Est-ce que vous croyez que je vais dormir pour être dévorée durant mon sommeil ? Je suis sûre qu'il y a dans tous les coins des araignées plus grosses que ma tête ! — Cette fille n'a pas donné un seul coup de balai ni de plumeau... J'ai vu sur le marbre de la cheminée plus d'un demi-mètre de poussière.

Monsieur. — Un demi-mètre ! en soixante heures ! c'est de l'exagération.

Madame. — Dites tout de suite que je suis folle. — Puisque vous faites tant l'esprit fort, j'exige que vous alliez à l'instant passer votre doigt sur le marbre... Ne cherchez pas à résister, ou je vous jette hors du lit... J'ai peu l'habitude de me plaindre, et je ne le fais qu'à bon escient... aussi je tiens à ce que vous constatiez si je me plains à tort... allez passer votre doigt.

Monsieur, *après avoir obéi.* — C'est vrai.

Madame. — Vous l'avouez en rechignant, comme si c'était une concession ! Vous vous feriez fesser en place publique plutôt que de reconnaître que les autres ont raison ; il faut que tout vienne de vous...

17

Avez-vous assez blâmé mon idée de faire la contrebande... c'était au-dessous de vous... et cependant vous m'avez fait bien rire avec vos airs d'honnête homme, car vous portiez, sans le savoir, douze mètres de dentelle que je vous avais cousus dans la doublure de votre pardessus.

MONSIEUR, *imprudemment.* — Encore de l'argent gaspillé !

MADAME, *indignée.* — Gaspillé, dites-vous, gaspillé ! Osez-vous bien employer ce mot, quand c'est à vous qu'il faut attribuer cette épouvantable torture de soixante heures que je viens d'endurer ! — Parce que monsieur a honte de l'honnête vie de ménage et qu'il lui faut courir les grands chemins, il enlève une mère à ses enfants, la traîne à sa suite d'auberge en auberge, sans lui donner le temps de rien voir, toujours fuyant avec la rapidité de voleurs poursuivis ; et, quand cette malheureuse a tout enduré sans se plaindre, il vient lui reprocher une pauvre petite douceur qu'elle a su se procurer !!! Mais comptez donc, monsieur, comptez donc ce que coûte *votre* voyage d'agrément... Je dis « *votre* » parce que vous seul en avez eu l'idée et que votre tyrannie a su l'obtenir de ma faiblesse... comptez, je vous prie : 300 francs de voyage ; votre ostentation vous fait jeter l'or au

dernier garçon d'hôtel; — 3,000 francs de mar-
chandises défendues qui nous ont été confisquées;
— 1,200 francs d'amende ! Un total de près de
5,000 francs que nous coûte votre infâme ca-
price !... Et où prendrons-nous cet argent? Sur
l'avenir de nos enfants, que vous dépouillez ainsi.
Tenez, monsieur, il y a longtemps que j'hésitais à
vous le dire, mais quand un homme ruine ainsi sa
famille, c'est plus qu'un mauvais père... c'est un
voleur !!!

(L'indignation jette madame Duflost en un profond évanouissement,
et son mari profite de ce moment ines-
péré de tranquillité pour s'endormir.)

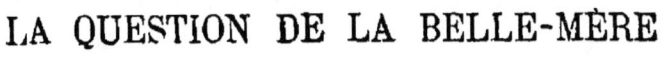

LA QUESTION DE LA BELLE-MÈRE

LA QUESTION DE LA BELLE-MÈRE

Malgré plusieurs vives attaques de
sa femme, M. Duflost a courageuse-
ment résisté à l'introduction de la
belle-mère en sa maison. — Pour le
forcer à céder, sa vie est en butte à
mille persécutions ; aujourd'hui, jour
de grand blanchissage à domicile, on
est venu étendre le linge dans son cabinet de travail. — Loin de se plain-

dre, M. Duflost, après avoir mal dîné,
s'est assis devant la cheminée et il ti-
sonne sans mot dire.

MADAME, *irritée de ce silence*. — Depuis le temps
que mon mauvais génie m'a fait votre femme, je
devrais être habituée à ce caractère cachotier et à
cette manie d'avaler vos paroles après les avoir
longtemps mâchées ; tout autre s'expliquerait franchement, s'il avait à se plaindre...

MONSIEUR. — Mais je n'ai pas à me plaindre.

MADAME. — Et de quoi vous plaindriez-vous, s'il
vous plaît ? Je ne pense pas que ce soit parce que,
en bonne ménagère, j'ai fait faire à la maison un
petit blanchissage.

MONSIEUR. — Oh ! un petit blanchissage ! La maison était submergée. . on se serait cru au déluge.

MADAME. — Vous devriez rougir de parler du
déluge si légèrement ! Mais vous n'admettez rien,
vous !... pas même la propreté, et vous seriez heureux de voir courir vos enfants plus sales que des
peignes. — Au lieu d'une femme d'ordre, il vous
aurait fallu une coquette... le blanchissage serait
resté un accessoire... Tous les trois mois, on aurait ratissé les enfants, et tout aurait été dit

MONSIEUR. — C'est de l'exagération.

MADAME. — Alors pourquoi vous plaindre? Est-
ce parce que je lave trop souvent? Donnez-moi de
l'argent pour doubler le linge, et je savonnerai
tous les mois au lieu de chaque quinzaine.

MONSIEUR. — Mais chacune de ces quinzaines
dure dix jours !

MADAME. — Est-ce que j'ai cent bras, moi, pour
enlever la besogne ? — Ah ! il est bien sûr que
tout irait plus vite si, pour m'aider, j'avais ma
mère avec moi. — C'est elle qui a du cœur au
travail, elle dévore l'ouvrage.

MONSIEUR, *faisant la sourde oreille.* — Il est un
moyen encore plus simple et surtout plus écono-
mique... c'est de faire blanchir au dehors.

MADAME, *nerveuse.* — Economique ! C'est sans
doute à votre cercle, où vous restez jusqu'à des
minuit, que vous apprenez ces économies-là? Economique ! mais si vous n'étiez pas butté contre
tout ce que je fais, vous auriez compris, au contraire, que je vous ai épargné trois francs par
jour depuis plus de seize ans que nous sommes
mariés.

MONSIEUR. — Peuh ! alors ces trois francs-là ne
compensent pas l'ennui qu'ils procurent.

MADAME. — Je vous conseille de faire le dédai-
gneux, vous qui ne donneriez pas à votre femme

17.

dix francs en plus de son budget... Ah! je vous
souhaite de n'avoir jamais besoin de trois francs!...
Oui, je vous ai épargné trois francs par jour depuis plus de seize ans, ce qui fait 18,000 francs,
c'est-à-dire le capital d'une rente de 900 francs...
cinq fois plus qu'il n'en faudrait pour payer la
pension de ma pauvre mère si elle demeurait avec
nous, car Dieu sait combien elle mange peu! Mon
pauvre père l'appelait « son oiseau », et il a longtemps cru qu'elle se relevait la nuit pour aller au
buffet... Aujourd'hui, l'âge a encore diminué de
beaucoup son appétit d'alouette.

MONSIEUR. — Ah! ma foi! il vaut cent fois mieux
laisser la digne femme où elle est que de l'attirer
ici pour lui faire manger le dîner des jours de
blanchissage... comme aujourd'hui, par exemple...
de la charcuterie et du gruyère.

MADAME. — La bonne et moi, nous ne pouvons
pas être à la fois à la cuve et au fourneau. Est-ce
que vous croyez que les blanchisseuses ont le
temps de manger chaud et de se régaler d'orto-
lans?

MONSIEUR. — Mais je ne suis pas une blanchis-
seuse, moi!

MADAME, *poursuivant son idée*. — Tandis que si
maman était ici, pendant que je surveillerais le

savonnage, elle nous ferait de bons petits plats qui...

MONSIEUR. — Non, c'est inutile de donner cette fatigue à son grand âge. — J'ai un projet pour les jours de blanchissage.

MADAME. — Lequel?

MONSIEUR. — J'irai dîner à mon cercle, et comme le blanchissage dure dix jours, j'y prendrai même un abonnement.

MADAME. — Un abonnement ! ! !

MONSIEUR. — Oui, on a une diminution, je veux faire aussi des économies.

MADAME, *prenant une autre route vers son but.* — Non, Duflost, vous ne ferez pas cela.

MONSIEUR. — Parbleu ! si.

MADAME. — Non, vous ne serez pas votre propre bourreau ! Ce qu'il vous faut, à vous, c'est la vie tranquille et la nourriture bourgeoise ; les mets épicés et les émotions du cercle vous tueraient, et, après ce que m'a dit un jour le docteur...

MONSIEUR, *étonné.* — Le docteur?

MADAME. — Oui, tenez, vous toussez en ce moment.

MONSIEUR. — Dame ! j'ai eu une belle occasion de m'enrhumer aujourd'hui, dans cette maison tout humide d'eau de savon et de linges qui sèchent... Des draps! dans mon cabinet de travail?

MADAME, *douce.* — Tu te figures que cela date d'aujourd'hui, pauvre ami ; mais depuis longtemps la nuit, quand tu dors, sans que tu t'en doutes, tu tousses tant... que je pense à ce que le docteur...

MONSIEUR. — Mais, qu'a pu dire le docteur?

MADAME. — Vois-tu, mon pauvre chéri, il faut te soigner, — tu le dois même pour moi, car que deviendrais-je si quelque chose t'arrivait? Oh! je ne veux pas penser à cela... tu n'es pas fort.

MONSIEUR. — Allons donc! je lève 60 livres à bras tendu!

MADAME. — Tu le crois.

MONSIEUR. — Comment, je le crois!

MADAME. — Tu penses que c'est de la force quand c'est simplement nerveux.

MONSIEUR, *effrayé.* — Mais enfin, qu'a donc dit ce médecin?

MADAME. — Rien ; mais il n'a pas eu besoin de préciser, j'ai tout deviné quand il m'a dit : « Ce qu'il faut à Duflost, c'est une vie tranquille ; veillez-le bien, et, au besoin, vous seriez deux pour le soigner que cela n'en vaudrait que mieux. » — Alors je me suis dit que si ma bonne mère était...

MONSIEUR. — Ton docteur est un âne, je ne me suis jamais si bien porté, et je n'ai nullement besoin de tous ces soins.

Madame, voyant qu'elle ne peut arriver par la crainte, se décide à appeler à son aide tous les péchés capitaux.
— Elle commence par l'*Orgueil.*

MADAME. — Oui, on s'imagine être toujours robuste, et tout à coup... surtout quand on a eu une jeunesse orageuse, (*Caline,*) car il paraît que vous avez été dans votre temps un franc mauvais sujet ! !

MONSIEUR, *avec un sourire de fatuité.* — Mais non, mais non.

MADAME. — Oh ! je ne te demande pas une confession... tu ne me dois des comptes que du jour de notre union ; mais ma mère m'a souvent dit ce que vous étiez à vingt ans... un grand et beau brun avec des cheveux magnifiques, une jambe moulée, de jolies mains...

MONSIEUR. — Ma taille aurait tenu dans tes doigts.

MADAME. — Et tes succès auprès des dames ? M'en a-t-elle conté ! ! !

Monsieur. — Tiens, je la croyais d'une sévère morale.

Madame. — Elle? Ah! comme on se trompe sur le compte des gens! C'est elle qui m'a dit : Les mauvais sujets font les meilleurs maris, prends celui-là; le cœur n'est pas gâté, c'est l'honneur en personne... c'est le seul des prétendants qui te rendra heureuse.

Monsieur. — Ah! c'est elle qui m'a donné la préférence? Du reste, je la méritais

Madame. — Et tu sais comme elle a été toujours fière de toi, n'est-ce pas?

Monsieur. — Moi, je n'en sais rien.

Madame. — Tu aurais pu le remarquer, car elle se redresse assez quand elle est à ton bras. Et si tu te doutais comme elle fait ton éloge! tu serais dix fois son fils qu'elle ne serait pas plus orgueilleuse... toujours au guet pour placer ta louange — (*Evoquant la Paresse.*) — Quel ravissant caractère elle a! un vrai satin! rien ne la fâche... Allons, voilà encore ton vilain rhume, pauvre cher ange, comme tu tousses... c'est elle qui te mettrait dans du coton! Tiens, te rappelles-tu ce riz au lait que tu as mangé jeudi soir à ta rentrée? c'était son idée et son ouvrage.

« Il fait froid, m'a-t-elle dit; Duflost aura besoin

de quelque chose de chaud pour se mettre au
lit. » Moi, j'aurais pensé simplement à une boule
d'eau chaude pour tes pieds ; elle, au contraire,
elle a trouvé tout de suite le riz au lait... Et si tu
savais le tapage qu'elle a fait parce que tes pantou-
fles n'étaient pas devant le feu ! ! Ah ! si nous l'a-
vions ici, comme elle veillerait sur les enfants qui
prennent tout mon temps... je pourrais ainsi m'occuper de la correspondance qui t'ennuie tant et te
décharger de ces mille détails d'affaires qui t'absor-
bent au point que tu trouves à peine une heure
pour aller te délasser à ton cercle. C'est là que tu
pourrais paresser à ton aise.

Monsieur. — Il est vrai que je n'ai guère le temps
de me reposer un peu.

Madame. — Tu aurais toutes tes soirées libres,
car je ne serais plus seule au logis, ma mère me
tiendrait compagnie, et nous pourrions veiller en
attendant.

Monsieur. — C'est bien pénible de veiller à son
âge.

Madame. — Alors on te donnerait un passe-par-
tout.

Monsieur, à part. — Ah ! bah ?

Madame. — Oh ! oui, tu pourrais paresser à gogo !
— (Faisant un petit appel à la luxure.) — Certes, j'au-

rais le temps et le droit de me reposer un peu, car le ménage irait seul. Non seulement ma mère surveillerait ; mais, pour l'aider, elle amènerait chez nous ses bonnes... tu sais, ces deux filles qu'on dit si jolies ?

Monsieur. — On prétend que Ducoudray a rôdé autour d'elles. (*en jouant l'horreur.*) Un homme marié !

Madame. — Oui, maman a feint de fermer les yeux et en a ri la première... elle a une morale de l'ancien régime... Elle prétend qu'on doit lâcher la bride aux maris, et qu'on est toujours sûr de les voir revenir... surtout après avoir couru pareilles fillettes. — Il n'y a que les fruits verts, dit-elle, pour mieux faire apprécier les bons fruits.

Monsieur. — Vraiment elle a dit cela ?

Madame. — Elle serait ici que je lui ferais répéter devant toi. — (*Appelant l'Envie.*) — Avec ces deux bonnes, — que maman prendrait à son compte, — nous aurions l'air d'avoir une maison montée... comme notre beau-frère.

Monsieur. — Qui ça ? Francisque ? une maison montée ! lui ? Où vois-tu ça ?

Madame. — Dame ! il a quatre domestiques.

Monsieur. — Tout le monde peut avoir des domestiques à ce prix-là... ils ne lui coûtent pas lourd

d'appointements!... ce sont de pauvres parents de
la campagne qu'il a recueillis... il les fait travailler
pour la seule nourriture.

MADAME. — Oui, mais il a une voiture... et ce
n'est pas une voiture de la campagne qu'il a aussi
recueillie... Fait-il assez d'embarras avec sa voiture?

MONSIEUR. — Dis plutôt « sa brouette ».

MADAME. — Il est bien évident que si maman
vivait avec nous, sa fortune personnelle, jointe à
la nôtre, nous permettrait aussi d'avoir une voiture.

MONSIEUR, *insistant*. — A deux chevaux même, ce
qui enfoncerait Francisque, qui n'en a qu'un seul...
et si petit, si petit... que, de loin, on le prendrait
pour un âne.

MADAME, *évoquant la Gourmandise*. — Et il ne nous
écraserait plus avec ses fameux dîners et son cor-
don bleu phénomène... Comme maman vous en-
fonce tout ça! Quel talent en cuisine! J'ai voulu
lutter; mais elle me bat complètement.

MONSIEUR, *émerveillé*. — En vérité?

MADAME. — Comme je te le dis; — avec un rien
elle vous fait des plats délicieux? — Et, tu sais, pas
d'embarras... je crois qu'on l'enfermerait dans un
tiroir de commode qu'elle en sortirait avec un dîner

à cinq services pour dix-huit personnes. — Tous les jours elle invente! — Tiens, tu connais les oignons, n'est-ce pas?

Monsieur. — Parbleu!

Madame. — Quand elle vous fricasse des oignons, j'ignore ce qu'elle y met et comment elle s'y prend, mais on croit sérieusement manger des truffes.

Monsieur, *séduit*. — Pas possible!!!

Madame. — Je te le jure. Papa y a été pris cent fois; elle lui donnait à deviner, les yeux fermés, avec des truffes véritables, et il tombait toujours sur les oignons. — Un jour que nous avions Robert Houdin à dîner, elle lui a fait passer du lièvre pour de la raie... cependant, il se connaît assez en tours d'adresse, celui-là!!! — Et sa pâtisserie? Elle a refusé jadis vingt mille francs que lui offrait un prince pour sa recette de crêpes au radis.

Monsieur. — Prodigieux! mais elle ne m'a jamais soufflé un mot de tout ça!!

Madame. — Elle a la modestie des vrais talents. Et quel pouce pour tâter la volaille! c'est un don de naissance. — Et quel œil pour la viande de boucherie! — En voilà une que le boucher ne tromperait pas. Comme elle nous introduirait l'économie dans la cuisine... et même dans toute la maison, car elle fait bien des choses par ses mains...

MONSIEUR, *avec crainte.* — Le blanchissage, par exemple ?

MADAME, *évitant le piège.* — Oh ! non. Comme elle a une maison de campagne, on envoie le linge là-bas, où la jardinière s'en charge. Je dis qu'elle fait des choses par ses mains, comme de raccommoder le linge ou de rafistoler les enfants... après elle, pas un point à faire... (*Abordant l'Avarice.*) Elle veut qu'on use les choses jusqu'au bout... non pas qu'elle soit intéressée... car elle dépense bien sa fortune... cette fortune rondelette que Francisque couche en joue à l'heure qu'il est.

MONSIEUR. — Comment ? ton beau-frère chercherait-il lâchement à nous dépouiller de notre part d'héritage ?

MADAME. — Je ne l'affirme pas ; mais il est grandement permis de le supposer quand on voit tous les efforts qu'il fait pour décider maman à venir habiter chez lui. — Après tout, c'est aussi son gendre. Je sais bien que c'est toi qu'elle préfère et qu'elle ne nous fera pas tort d'un sou après sa mort... mais elle trouvera fort juste de fourrer de son vivant un tas de choses à celui qui aura eu des égards pour elle. — Et, tu le sais, ce qui est donné est donné. (*Appelant le dernier péché capital : la Colère.*) Autant que Francisque en profite...

Monsieur, *mécontent.* — Tu as l'air de prendre le parti de ton beau-frère. Je trouve fort extraordinaire que ta mère, qui a besoin de repos et de calme, ait justement été choisir celui de ses gendres qui demeure au-dessus d'un chaudronnier.

Madame. — Elle va du côté où elle sait trouver des égards.

Monsieur, *sèchement.* — Il me semble qu'on ne l'a jamais reçue chez nous à coups de manche à balai.

Madame. — Non ; mais tu lui as toujours témoigné une certaine froideur.

Monsieur, *s'irritant.* — Moi ! d'abord elle ne m'a jamais demandé à demeurer avec nous.

Madame. — Maman est trop fière pour s'exposer à un refus.

Monsieur. — Elle l'a fait demander par toi ; c'est tout comme.

Madame. — Ah ! non, non. — Je disais : « Si nous étions assez heureux... si nous avions assez de chance pour voir ma mère ici, etc. » — C'était un vœu, un espoir de ma part ; mais jamais je ne l'ai sollicitée de venir... surtout en voyant ses dispositions pour Francisque.

MONSIEUR, *s'emportant*. — Non, je ne souffrirai pas que le misérable accapare cette pauvre femme pour la ruiner et la faire souffrir. Ne fût-ce que pour couper l'herbe sous le pied d'un pareil intrigant, je tiens à ce que ta mère vienne ici.

MADAME, *marchandant*. — Si elle y consent, bien entendu ; car tu n'as pas la prétention de la conduire ici par les cheveux.

MONSIEUR. — Pourquoi pas, s'il faut la rendre heureuse malgré elle ? — Du reste, c'est à toi de la décider et de lui faire comprendre qu'à son âge elle a besoin d'être entourée des soins de ceux qui l'aiment sincèrement... sincèrement, entends-tu ? Tu appuieras sur le mot.

MADAME, *sèchement*. — Non.

MONSIEUR, *colère*. — Pourquoi ce non ?

MADAME. — Parce que je ne veux pas d'une pareille commission... Je connais maman, elle refusera... j'aime mieux que tu te charges de la corvée.

MONSIEUR, *emporté*. — Une corvée ! Ai-je bien entendu ? Ainsi vous vous prétendez fille dévouée, et quand il s'agit de tirer votre bonne mère de l'isolement où vous la laissez vivre comme une pestiférée ; quand il faut l'arracher des mains d'un chevalier d'industrie qui complote le malheur de cette excellente créature ; quand il faut entourer

de pieux soins la vieillesse de la meilleure des femmes... alors vous appelez cela une corvée!...
— Vous irez, dès demain, vous jeter à ses genoux pour la supplier à mains jointes de venir sous notre toit.

MADAME. — Non, je n'irai pas.

MONSIEUR, *furibond.* — Je vous l'ordonne, entendez-vous, je vous l'ordonne!!!

MADAME. — Je t'en prie, calme-toi.

MONSIEUR. — Je vous l'ordonne, madame, je vous l'ordonne... ou, dans l'intérêt de mes enfants, une séparation immédiate fera justice de celle qui, n'ayant su être une bonne fille, ne pourra jamais être une bonne mère.

MADAME. — Puisque vous l'exigez ainsi, j'irai.
— Je ferai tous mes efforts, mais je ne réponds de rien.

MONSIEUR. — Alors, tremblez!!!

EPILOGUE

Ainsi pris au piège, M. Duflost a vu, six heures après, sa belle-mère installée chez lui. — Sa maison devint-elle ce paradis tant promis?

Craignait-il de voir son bonheur trop vite s'éva-

nouir, ou voulait-il savoir s'il avait à prendre longtemps son mal en patience, quand, — le lendemain
même, — on l'entendit adresser à sa belle-mère
cette question ambiguë :

— Est-ce qu'on vit vieux dans votre famille??????

MONSIEUR DUFLOST

HOMME POLITIQUE

MONSIEUR DUFLOST

HOMME POLITIQUE

COMMENT CELA ADVINT

Après avoir boudé toute la journée,
Madame se décide à faire connaître le
motif de son mécontentement.

MADAME. — Je m'étonne, monsieur Duflost, que
vous qui, quand vous étiez dans les affaires, vous

montriez si fier de voir, dans le Bottin, votre nom, suivi de la désignation N. C., *notable commerçant*, n'ayez été invité à aucune de ces ripailles officielles qui ont eu lieu cette semaine.

Monsieur. — Dame ! que veux-tu ? Ces gens-là se régalent entre eux. Ils sont là un tas de généraux, sénateurs ou députés qui se connaissent tous ; ça les met à l'aise pour se déboutonner au dessert et causer de leurs affaires.

Madame, *secouant la tête d'un air de doute.* — M'est avis que si vous n'êtes pas invité, c'est que... je connais votre langue d'enfer... vous aurez dit quelque mal de M. Grévy.

Monsieur. — Que diable veux-tu que j'aie pu dire de M. Grévy ? Je ne lui ai jamais parlé de ma vie... On m'a montré un jour un monsieur chauve, une bonne figure, et quelqu'un m'a soufflé : C'est M. Grévy... Moi, j'ai fait : Ah ! vraiment?... et à cela se sont bornés tous mes rapports avec le premier magistrat de la République, rapports qui, je le reconnais, sont insuffisants pour me mériter une invitation à dîner.

Madame. — Ah ! ils la mènent douce, certains de MM. les députés... Toujours les mêmes ! je suis leurs noms dans les journaux... Tenez il y a un monsieur Spuller... Chaque fois je me demande s'il n'a pas les cuisses creuses ou s'il n'apporte pas un panier, car je ne sais vraiment pas où il peut fourrer tout ce qu'on lui sert. Dès que notre journal rend compte d'un de ces dîners officiels, je me dis : « Voyons s'il en était... » Et ça ne rate jamais, je trouve son nom en tête... souvent, à deux boustifailles le même soir... il doit être le député de l'arrondissement des Foies-Chands... Et, de plus, avec ça, il est orateur. — Entre deux plats, il leur lâche un discours... Faut croire qu'il sait parler avec la bouche pleine? — Au fait, ce que je dis de lui, je pourrais le dire de vingt autres législateurs, qui ne quittent pas la fourchette... Ah! ils ont là une jolie place, vos messieurs les députés! De bons appointements et nourris! A ce prix-là on peut veiller sur la France. (*Sévèrement.*) Et penser que, si vous aviez eu deux onces d'amour-propre, vous devriez tonner aussi du haut de la tribune..

MONSIEUR. — Oh! moi, je ne me pose pas en orateur... et puis, vois-tu, Louloute, je ne suis pas ambitieux.

MADAME. — Dites plutôt que vous n'êtes qu'un égoïste. Quand on n'est pas ambitieux pour soimême, on l'est pour sa femme. Croyez-vous donc que je ne serais pas flattée, quand les journaux

18.

raconteraient une de ces fêtes, de voir figurer mon nom avec l'épithète de toute belle... car il suffit d'être la dame d'un de ces messieurs pour que les reporters écrivent aussitôt : « Parmi les charmantes convives, nous citerons la gracieuse madame A..., l'élégante madame B..., la sémillante madame C..., etc., etc. » (*Amèrement.*) Pourquo ne serais-je pas aussi sémillante qu'une autre?

Monsieur. — Ai-je jamais dit que tu n'étais pas sémillante?

Madame. — Ne joignez pas l'ironie à l'égoïsme crasseux qui vous ronge. Ce n'est pas d'aujourd'hui que j'ai remarqué que vous rougissiez de votre femme... D'autres maris sont heureux et fiers de produire leurs épouses. Vous, au contraire, monsieur Duflost, vous prenez à tâche de m'enfouir, vous vous complaisez à me mettre sous le boisseau... Tenez, voulez-vous que je vous fasse part d'une pensée secrète que, jusqu'à ce jour, j'ai gardée au fond de mon âme.

Monsieur. — Oui, va, ouvre ton âme?

Madame. — Eh bien! j'ai la conviction intime que vous êtes un pilier des salons de M. Grévy, et que vous ne quittez pas sa table... seulement vous vous êtes donné pour veuf.

MONSIEUR. — Ah ! en voici bien d'une autre, par exemple ! Ne sais-tu pas, à une minute près, toutes mes occupations ?

MADAME. — Et ces prétendues conférences de M. Sarcey auxquelles vous vous dites si heureux d'assister que vous seriez désolé d'en manquer une seule ?... Avez-vous cru un seul instant que j'étais dupe de ce mensonge ? (*Secouant la tête.*) Alors si vous ne vous êtes pas donné pour veuf, expliquez-moi donc pourquoi M. Grévy, ni jamais un ministre, ne pense à m'inviter à un de ces dîners officiels.

MONSIEUR, *patient*. — Parce que, je te le répète, ces messieurs recrutent leurs mangeurs parmi les députés, les sénateurs ou les généraux.

MADAME. — Vous ne me ferez jamais avaler, quand la première vertu d'un militaire est la sobriété, que des généraux passent leur vie avec une serviette au cou... Dans votre besoin de vous excuser, vous insultez l'armée !... Oui je veux bien admettre, à la grande rigueur (à la grande rigueur, vous m'entendez ?), qu'on régale des députés, tous envoyés à table par le suffrage universel... Les inviter, c'est pour ainsi dire régaler leurs électeurs ; c'est atteler vingt ou trente mille personnes au même couvert... et je ne saurais mieux

faire que d'approuver M. Grévy... qu'on m'a dit
être un homme d'ordre... d'avoir trouvé ce moyen
de traiter en grand à si bon marché. — Mais des
généraux, jamais! Est-ce que leur place n'est pas
d'être toujours à la tête de leur corps?

MONSIEUR, *renonçant à la convaincre.* — Oui, tu
as raison, ma louloute.

MADAME. — Ah! vous savez, je n'aime pas les
concessions gouailleuses. Plaisanter n'est pas répondre?

MONSIEUR. — Mais à quoi, diable, veux-tu donc
que je réponde?

MADAME. — A la question que je vous ai posée.

MONSIEUR. — Répète-la.

MADAME. — Pourquoi M. Grévy ne m'a-t-il pas
encore invitée à dîner?

MONSIEUR. — Écris-lui, il te le dira.

MADAME, *souriant avec mépris.* — Oui, je devine
votre malice. En recevant ma lettre, M. Grévy ne
manquerait pas de se dire : « Ce ne doit pas être
la femme de ce cher ami Duflost qui m'écrit, puisqu'il est veuf... » Et il ne me répondrait pas.

MONSIEUR, *après avoir consulté sa montre.* — En
attendant que nous soyons invités à l'Elysée, dînons-nous? il est l'heure.

MADAME, *sèchement.* — Non.

MONSIEUR. — Parce que?

MADAME. — Parce que, me sentant malade et sans nul appétit, j'ai donné campo à notre cuisinière.

MONSIEUR. — Et moi?

MADAME. — Vous? A quoi bon?... N'avez-vous pas toujours votre couvert qui vous attend chez M. Grévy?

Harcelé, torturé à toute heure par sa femme, qui a mis en sa tête qu'elle dinerait à l'Elysée, M. Duflost finit par se présenter à la députation dans l'arrondissement de Baliverne-sous-Poivre. Sur les conseils de son épouse, qui sait qu'en ce bas monde on n'a rien pour rien, M. Duflost a loué, pour la période électorale, un dentiste de foire dont il offre les services aux électeurs qui veulent se faire nettoyer la bouche.

— Vous voyez, crie-t-il, que je n'use pas de la corruption, puisque je la combats.

Par malheur, il lutte contre le *candidat sortant* qui a de fortes chances.

M. Duflost comprend bientôt qu'il
lui faut non seulement s'appuyer
sur les mâchoires électorales, mais
encore saisir le succès par les pieds.

— Savez-vous couper les cors? demande-t-il à son dentiste.

— Couper les cors? Non... Mais je
sais couper les chats... et, avec des
électeurs, ça ne doit pas être la mer à
boire... Offrez-leur l'opération... On
dit que c'est un moyen pour obtenir
des voix superbes.

— Oui, mais pas des voix pour
voter!!! répond M. Duflost avec son
bon sens ordinaire.

Fecit indignatio versum, a dit le latin,
et, plus tard Boileau a lâché ce vers :

Ce qu'on conçoit bien s'énonce clairement.

Ce qui est doublement vrai, car
M. Duflost, qui n'est pas né orateur,
prononce, devant ses électeurs, un
discours que l'on peut, sans hésiter le
moindrement, classer parmi les plus
grandioses morceaux de l'art oratoire

Nous cueillons, au hasard, quelques
phrases de ce discours qui, en plus
de son éloquence, est un modèle de
lucidité.

« *Non, je ne suis pas contempteur systématique.*
» *de l'idée que la méalogie, en lutte avec la féo-*
» *dalité financière, excipe une phase sociale de*
» *son programme exclusif.* »

« *Ennemi des abus pour nous mutualiser dans*
» *un sage contrôle des besoins nouveaux en une*
» *féconde parturition qu'une assiette démodée prive*
» *d'initiative... Oui, sur mon âme, je le jure!* »

L'effet de ce discours est énorme ! ! ! !
Aussi, avant même le vote, madame
Duflost est tellement persuadée que le
nom de son époux sortira vainqueur
de la boîte carrée, qu'on appelle l'urne
électorale, qu'elle s'occupe déjà de
trouver un appartement plus spacieux
que le sien, car son projet est de tenir
un salon politique.

En conséquence elle a parcouru,

depuis le matin, un bon tiers des rues voisines de l'Elysée en quête d'un local à louer qui lui convienne.

Elle vient de pénétrer dans une maison dont l'aspect grandiose l'a séduite et elle entre dans la loge où elle trouve le concierge lisant son journal.

— Qu'est-ce que cet appartement que vous affichez à louer?

— Au troisième étage, sur la cour, huit pieces, cuisine et cave, 6,800 francs.

— Peut-on visiter?

Le concierge, qui avait répondu sans cesser de regarder son journal, lève alors les yeux.

— Madame est mariée? Elle a de bons renseignements à fournir? Elle paye régulièrement? demande-t-il.

— Je suis madame Duflost, la femme du député de Contre-Manche, répond madame, croyant avoir ville gagnée rien qu'à l'énoncé de ce nom.

Mais le concierge, qui est un peu sourd, a entendu Péquinot. Il secoue dédaigneusement la tête en disant:

— Ah ! Péquinot... l'ancien instituteur rural...
Alors l'appartement n'est pas votre affaire, croyez-
moi.

— J'en serai juge quand je l'aurai visité, réplique la dame en insistant.

— Mais non, mais non, je vous répète que l'appartement ne peut vous convenir... Le prix de
6,800 fr. n'est pas dans vos moyens... Instituteur
rural, ce n'est pas lourd... Mettons que votre mari
avait le maximum, 1,200 fr... Disons même 1,300 fr.
s'il chantait au lutrin... Dans ces conditions-là, on
ne fait pas un splendide mariage... on épouse
2 ou 3,000 fr. de dot... Poussons même jusqu'à
4,000 fr... Hein ! c'est à peu près ce chiffre-là que
vous avez apporté... le capital de 200 fr. de rente...
En se faisant nommer député, les appointements
d'instituteur, naturellement, ont été rasés... il est
vrai qu'ils ont été remplacés par les 9,000 fr. de
la députation... total : 9,200 fr. y compris les 200 fr.
de la dot, en admettant que cette dot n'ait pas été
mangée en frais d'élections... mais j'aime mieux
établir un compte rond... Or, un appartement de
6,800 fr., c'est plus des deux tiers de votre revenu.
Vous voyez bien que cet appartement n'est pas
votre affaire.

— Mais... mais, commence madame Duflost à

moitié ahurie par cette façon trop familière d'établir la position des gens.

— Non, non, je vous le répète, le local ne peut vous convenir, il est au-dessus de vos moyens, croyez-moi. Ne soyez pas sourde à la voix de la raison... 9,200 fr., c'est maigre ! Et encore j'admets que votre mari ne soit pas un de ces turbulents qui, pour un oui ou un non, se font rappeler à l'ordre avec suspension de partie des appointements, ce qui vous rognerait la portion, avouez-le.

Et le portier répète d'un ton paternel :

— Non, non, c'est un loyer trop élevé pour votre position, ma chère enfant.

Puis, repartant de plus belle :

— Ah ! quand la Chambre était à Versailles, je ne dis pas. Vous pouviez trouver là-bas à vous loger, pas trop mal, dans les prix de 6 à 700 francs, à condition pourtant de ne recevoir personne... Supposons même que votre mari économisait un repas en avalant un bouillon, deux bouillons même et quelques tasses de chocolat au buffet *gratis* de la Chambre... cela ne déshonore pas, et, au besoin, prouve un homme qui compte avec sa bourse... Oui, j'en conviens, à Versailles, vous pouviez arriver à joindre les deux bouts... bien juste, bien juste, à la vérité, surtout si votre mari aime à être toujours propre sur lui... Mais, à Paris, il n'en sera plus de même. Du moment qu'on aura un grand appartement, on tiendra aussitôt à s'en faire honneur, à le faire voir ; alors on recevra, on donnera à dîner... et comme on attrape vite la fin de 9,200 francs, on sera arrivé au terme d'avril... mettons même, pour vous faire plaisir, au terme de juillet... qu'il ne restera plus d'argent pour le propriétaire... Et, alors qu'en résultera-t-il ? C'est que le propriétaire qui a la manie de vouloir être payé régulièrement viendra me dire : « *Thomas* (c'est mon nom), *que le diable t'emporte l'avoir pris un locataire que son mandat de député n'empêche de poursuivre!* » Et peut-être que Thomas la dansera de sa place... Vous voyez bien que, pour vous comme pour moi, l'appartement ne peut vous convenir.

Madame Duflost, muette de stupéfaction, semble pétrifiée.

Le bon portier continue sur un ton grave :

— Et puis encore supposons l'impossible... un envahissement de la Chambre... Poussons même plus loin dans le domaine de l'impossible... un coup d'Etat, voilà donc un individu qui se cache et qu'on cherche... et, alors, ce sont des allées et venues de la police dans la maison qui affichent

l'immeuble... Et puis, ce qui est plus grave, après
un coup d'Etat, *rasibus* des 9,000 francs... et le
loyer court toujours. Vous me direz : « Alors on
se rallie. » Soit ! je le veux bien, mais on ne
choisit que les gros bonnets et, par malheur, sans
vouloir en dire du mal, M. Péquinot n'est pas de
ceux-là...

— Mais mon mari n'est pas le député Péquinot !
finit par crier madame Duflost.

— Oui, Péquinot ; parbleu ! j'entends bien ; je
ne suis pas sourd.

Et il reprend sur le ton doux :

— Vous voyez bien, ma charmante, que vous
devez écouter la saine raison qui vous crie de ne
pas vous charger d'un tel loyer.

Ensuite, avec un sourire ironique :

— Autre raison qui, celle-là, vous est personnelle, ma mignonne... Etes-vous femme à raccommoder les chaussettes de votre mari ? Heu ! heu !
j'en doute... Alors comment tuerez-vous le temps
pendant que votre époux sera à la Chambre ? Ce
ne sera pas à courir la prétantaine, j'en suis certain, car vous m'avez l'air d'une honnête femme...
Donc, vos passe-temps seront d'une honnête
femme qui garde le logis, comme, par exemple,
de rester des heures à votre fenêtre... Tenez, nous

avons dans la maison, au quatrième, sur la rue, une veuve de colonel qui passe sa vie à la fenêtre... à ce point que, deux ou trois fois par jour, des passants lui remontent son éventail, qu'elle a laissé tomber, car elle a des mains de beurre... Eh bien ! même cette distraction d'honnête femme vous échappera, puisque, ainsi que je vous l'ai annoncé, l'appartement que vous demandez est sur la cour. Pour la dixième fois, je vous le répète, ce local ne peut vous...

Si le concierge n'achève pas, c'est que madame Duflost, craignant d'étouffer de colère, vient de prendre la fuite.

Au fond, c'est un bonheur que la chère dame n'ait pas pu louer cet appartement, car, le jour de l'élection, M. Duflost, sur 8,456 électeurs, n'obtient que SEPT voix.

— SEPT voix sur 8,456 !!! Voilà donc la moyenne de l'intelligence en France !!!!! s'écrie madame Duflost indignée.

Cependant, sur les conseils de sa femme, M. Duflost se décide à écrire à ses *sept* électeurs une lettre de remerciement dont nous citons la dernière phrase :

« ..... *L'heure n'est pas aux gens de bon sens. Vous et moi, laissons à la France affolée le temps de reconnaître ceux qui veulent sincèrement sa grandeur et sa prospérité. Plus tard, vous me retrouverez sur la brèche...* »

— Dis donc, en attendant la brèche, il est bon qu'ils te retrouvent ailleurs, propose madame Duflost.

— Où veux-tu qu'ils me retrouvent ?

— A table... il est utile de les chauffer... invite les donc à dîner... ils ne sont que *sept.* — Avec un gigot un peu fort, nous nous en tirerons.

Sur ce conseil, M. Duflost termine sa lettre en convoquant ses *sectaires* à festoyer à la Saucisse nationale, la meilleure auberge de Balivernes-sous-Poivre.

Au jour indiqué, les époux se sont rendus à l'avance à l'auberge pour surveiller les apprêts du festin.

A l'heure convenue, ils voient apparaitre dans la salle l'aubergiste, tout effaré, qui leur crie :

— Les voici ! les voici ! ils approchent... Mais comment diable ! voulez-vous que je nourrisse tant de convives !!!

— Comment ça ? tant de convives ? Mais je n'attends que mes sept électeurs, réplique M. Duflost étonné.

— Allons donc ! fait l'aubergiste. Pour vous donner leurs voix, oui, ils n'étaient que *sept*... Mais, pour manger votre dîner, ils arrivent plus de CINQ MILLE !!!

FIN

COLLECTION DES AUTEURS GAIS

CONTES — CHANSONS — RÉCITS

A 3 fr. 50 le volume.

IMPRIMERIE E. FLAMMARION, 26, RUE RACINE, PARIS.

www.ingramcontent.com/pod-product-compliance
Lightning Source LLC
Chambersburg PA
CBHW050156030726
47505CB00005B/1402